读者

美丽中国
Beautiful China

美丽乡村入画来

本书编辑组 编

甘肃科学技术出版社

图书在版编目（CIP）数据

美丽乡村入画来/《美丽乡村入画来》编辑组编. -- 兰州：甘肃科学技术出版社，2021.2
（"美丽中国"丛书）
ISBN 978-7-5424-2294-1

Ⅰ.①美… Ⅱ.①美… Ⅲ.①中国文学－当代文学－作品综合集 Ⅳ.① I217.1

中国版本图书馆CIP数据核字(2020)第246001号

美丽乡村入画来

本书编辑组　编

项目团队	星图说
项目策划	宋学娟
项目负责	杨丽丽
责任编辑	宋学娟　史文娟
封面设计	杨　楠

出　版	甘肃科学技术出版社
社　址	兰州市读者大道568号　　730030
网　址	www.gskejipress.com
电　话	0931-8125103（编辑部）　0931-8773237（发行部）
京东官方旗舰店	https://mall.jd.com/index-655807.html

发　行	甘肃科学技术出版社　　印　刷　三河市嵩川印刷有限公司
开　本	787毫米×1092毫米　1/16　印张 13　插页 2　字数 180千
版　次	2021年8月第1版
印　次	2021年8月第1次印刷
印　数	1~5 100册
书　号	ISBN 978-7-5424-2294-1　　定　价：48.00元

图书若有破损、缺页可随时与本社联系：0931-8773237
未经同意，不得以任何形式复制转载

道法自然　天长地久
——写在"美丽中国"丛书出版之际

徐兆寿

放在我面前的六本书稿，都是关于生态文明建设方面的文章合集，都在《读者》及其他刊物上发表过，有过广泛的读者群体，现在把它们分类集合起来，重新以生态文明建设的主题呈现给读者，这对当下来讲，算是一个大功德。甘肃科学技术出版社总编辑宋学娟女士是我学妹，是我认识的好编辑，也是这套书的策划者。她嘱我来写这篇序，我在委婉拒绝而又未能拒绝之后也便答应了。但是，当我真正要写这篇文章时，感到好为难。一则没有时间去看完这些文章，不能简单地说好；二则看了一部分文章后，反而对个别文章的观点和倾向有些不赞成，我就明白这是百年来我们数代人走过的曲折的心路历程，真的是摸索着走的，所以有些是要赞赏的，有些是要反思的。

细想起来，我们这一代作家和学者，有一个共同的特点，大多数都是从土里生在土里长大的，后来到城市读大学、工作、写作、研究，因为经历了1980年代的知识爆炸，西方的文化思想相对接触得较多，写作、研究不免有一点西化。对于我来讲，大学四年，除了两学期每周四节课的外国文学外，其他课堂上学的都是中国文学，但手里捧的全都是西方文学，去图书馆借来的都是西方文学名著，四处游走时背包里总是放一本普希金或聂鲁达或尼采的诗集，当然，从古希腊到后现代的西方哲学著作几乎都生吞活剥地读完了，以为自己是一个世界人，"中国"二字有一段时间似乎觉得有些小。

可是，等到四十岁以后，生命自身开始往土里退，总是发现母亲已经苍老，大地也一片荒芜，故乡已无人守护，便情不自禁地往回退，退到故乡写作，退到中国，退到古代。从故乡出发而研究世界，以故乡为原点构建一个文化世界，以故乡为方法重新理解中国和世界。回忆是无穷无尽的。原来觉得中国很小，现在觉得故乡都太大，一生也未必能理解。原来只关心天空不关心大地，现在觉得大地才是母亲，天地人合一才是完美世界。

于是，我们这代人逐渐地从有些盲目的世界撤回中国乃至故乡，然后再从故乡出发，重建中国和世界。一走一回，一生也就这样匆匆结束了。当然，也并非整整一代人都是如此，有一些人始终未走出去，还有一些人走出去就再没回来过，一直在世界上流浪。那些光鲜的人生背后，是他们迷茫的叹息。这也许是整个人类共同的故事。参与世界历史运动，漫游世界并向世界学习，是奥德修斯的英雄故事，但他经历苦难回归故乡、重建国家才是他真正的英雄历程。

我从2004年开始研究中国传统文化，从2008年研究西方文化，十多年来，每给学生讲一个问题，我都会从中西两方面对比去讲，慢慢地我发现中国文化确与西方文化在世界观、方法论上有着很大的不同。理解了不同，也就往往不会拿一把尺子来说事情了，就会对比来看问题，这样对中国文化的信心也就慢慢建立起来了。西方文化的伦理来自两个方面，一个是宗教，一切都有上帝创造，是一神教和一元论思维；另一个是古希腊文化，是科学和理性，或者人们把它叫科学和哲学。两个方面在罗马时代慢慢走到了一起，但在近代又产生了冲突。总体来讲，西方精神一直处于冲突之中。但中国文化不一样，她长期保持稳定。稳定的原因主要在于中国人很早就建立了一种理性精神，这就是朴素的自然观。这种自然观在宏观理论层面是由上古天文、地理学知识建立起来的，即天地人三才思想、阴阳五行、天干地支等，在微观层面也同样把这些宏观理论进行实践。这在最初没有人去怀疑它，但到后来就有越来越多的人反对，到近现代时则被定性为迷信。因为最初的天文地理学知识被搁置起来了，科学和理性精神被放弃了。所以，现在我们必须重新返回上古时代，重建中国人道法自然的科学观，而这样的重建也需要今天的科学和各种人文知识的参与验证。

当我明白这些时，已经到知天命的时候了。当然，它还不晚。孔子研究和写作《周易》《春秋》时已经到五十六岁以后了。我觉得我还有时间去跟着古代的圣人们重新去观测太空，重新去丈量大地、观察万物，还可以用今天的天文学、地理学和各种知识去验证它。这是一种幸福的感受。

现在再来说说即将出版的这六部著作，"美丽中国"是中国共产党第十八次全国代表大会提出的概念，强调把生态文明建设放在突出地位，树立尊重自然、顺应自然、保护自然的生态文明理念，努力建设美丽中国，实现中华民族永续发展。这是本丛书策划的初衷，也是我近年来关注的课题。丛书中所选文章大多数都是我们这几代作家们写的，所以便打着百年来不同代际作家的精神印痕，也便能知道哪些是珍珠，哪些是石子。其中印象最深的是《舌尖上的春天》的开篇《落花生》，以前在课堂上也学过一篇《落花生》，老师讲得入木三分，但那时我没吃过花生，无法理解南方人的情致。那时我们吃的零食很少，最多能吃到葵花籽、大豆、豌豆、炒麦粒，当然还有黑瓜籽、葫芦籽等。花生也在城里见过，但没钱买，没吃过。第一次吃花生大概是到大学时候了吧，才又想起那篇《落花生》来。我没见过花生的花朵，也可能正如南方人没见过我们这边的洋芋花、马莲花、苜蓿花一样。那真是令人终生难忘。读此文，本想要找到一些道法自然的境界来，可读到后半段时，看到的只是人类如何将它作为美餐的各种法子。这才是舌尖上的落花生。花生来到世上，最高兴的当然也莫过于生长顺利，然后盼望能给世界贡献点什么，只是它未必能感受到快乐。快乐是人类的。由此我便想到也许我们百年来读到的很多关于自然的文章，有可能只是能显示出我们人类的贪婪来。这自然是人性了，便为我过去的人生感到可惜，因为我也曾写过这样的文章。后来又突然顿悟，这可不就是五行相生相克的真理吗？使它变成另一种东西，然后再生出新的生命来，如此，大自然方能生生不息。如果它不死，不再转化为别的生命的养料，大自然又如何重生呢？如此一波三折，使我又一次顿悟古老的道法自然的真理来。于是，这部书从这个角度来讲，便也有些意思了。

第二个印象便是扶贫。人类在早期处于贫困阶段，所以便与自然之间形成了张力。当自然强大时，万物皆灵，人类很渺小，于是人类就有了多神教，再后来有了一神教。当人类稍稍强大时，便对自然有了理解，所以就与自然和谐相处，这就是道法自然、天人合一等观念产生的基础。但是，人类希望继续强大，终于到了资本主义时代，正如马克思所陈述的那样，在很短的时间内产生了比过去人类生产的财富之和还要多得多的财富，它的腐朽和堕落也便显示了出来。它一方面产生了不平等，很多财富垄断在极少数人的手里，导致绝大多数人处于被奴役的处境，另一方面它以破坏自然为代价，将自然踩在脚下。

所以我总在想，我们老是说我们是贫困的，可我们比古人来讲已经有太多的财富，那么，我们今天的贫困概念是以什么为尺度来判断的，显然，当我们把我们国家放在发展中国家时，就是以西方为标准，在这里，就产生了悖论，即到底什么才是真正的贫困？如果我们的财力、物力、国力超过西方发达国家时，我们就不贫困了吗？我们为此将会付出怎样的代价？我们与自然的关系又将如何？这里面的很多文章多是讲物质的贫困，也有讲精神的贫困，但鲜有从中国古老哲学的角度去反思的。

第三个主题是山川治理。这会使人立刻想到电影《阿凡达》。这是一部反思西方殖民文化和资本主义文化的电影，它强调人与自然的和谐，强调人要回到大自然去，回到人的本位上去。整个西方社会的生态反思行动是从20世纪初开始的，在七八十年代形成一个高潮。中国要晚得多，一直到了21世纪初才开始，但因为生态理念与中国传统文化的价值一致，所以中国人领悟得快。习近平总书记提出"绿水青山就是金山银山"，这是从国家层面提出的生态文明治理理念，是很快被人们记住的金句和行动纲领。很多地方迅速行动起来，使生态得以恢复。但是，就西部来讲并不这么简单，还需要艰苦治理才行。这些著作里面的一些文章反映的就是这个主题，它有力地回应了当下中国乃至世界的时代命题。

但遗憾的是这些文章大多数都太实了，少了一些哲思，尤其是少了对中国传统文化生态观的深刻思考。如果能再多些这样的文章，则这套书就非常好了。当然，作为出版者，紧扣时代主题，策划出版这样一套宣传和阐释"美丽中国"理念的通俗普及读物，已属不易，理当为之呼与歌！

2021年春节于兰州

徐兆寿，著名文化学者，教授，博士生导师。现任西北师范大学传媒学院院长，甘肃省电影家协会主席，甘肃省当代文学研究会会长，全国当代文学研究会常务理事，全国文艺评论家协会理事。中国作家协会会员，甘肃省首批荣誉作家。《当代文艺评论》主编。教育部新世纪人才，"四个一批人才"。国家社科基金重大项目首席专家，第十届茅盾文学奖评委。1988年开始在各种杂志上发表诗歌、小说、散文、评论等作品，共计500多万字。

目 录

001　茶村印象
006　美丽乡村入画来
012　花海农庄溢满花香农趣
017　领受你美丽的抚慰
021　平头沟的朝气
026　都市白领的"乡村图书馆"
029　一个人的农耕实践样本
037　荒蛮小村的华丽转身
042　故乡车站：追寻故乡的味道
047　产业兴起来　农民富起来
055　回乡种地的大学生

059　荒漠奇迹黄花滩

063　山里有座榨油坊

070　带领老乡致富　内心满满幸福

074　梦圆洮水

080　希望工程 2.0 版：拯救乡村阅读

086　一个被互联网改变的村庄

094　遥远的关隘

098　湾潭河畔甜蜜蜜

101　浙江德清：有个庚村

106　"蜻蜓"立上头

113　生命里的触动与改变

121　"茶乡"依旧繁华

125　焦作的乡村路，真好

131　连翘之乡的蜕变

135　最好的江南小镇——获港村

142　孟津美丽乡村建设"两全其美"

145　春　孵

150　在乡下坐公共汽车

154　悠悠行船逛窑湾

159　记忆中的几座房

163　家乡的土灶

166　秋　晚

168　黎苗山乡种养"老行当"擦亮"绿色牌"

171　百年老树开枝散叶带出扶贫大产业

178　发现"微"典型　讲好"微"故事

180　七十年间有大别

185　为什么咸阳的"美丽乡村"这么多

190　重塑记忆老家　乡村营造感想

193　编后记

茶村印象

梁晓声

一阵雄鸡的啼叫将我唤醒了——只不过是醒了，却未睁开眼睛，以为自己仍在睡梦之中。

我躺在四川蒙山地区一个茶村里一户茶农家的床上。那是一张很旧的结构早已松动了的床，显然是由乡村木匠做成的，少说也用了三四十年了。在床的对面，并排放着三只木箱，看上去所用的年头比那张床还要长久。木箱上是一床棉絮和几摞旧衣服。

这个蒙山地区的茶村，乃是友人的家乡。

我是打算为自己寻找一处远避都市浮躁和喧嚣的家园而来到此地的，并且已在我朋友的家园——确切地说，是在他哥哥嫂子的家里住了三天了。我朋友的老母亲，和他的哥哥嫂子生活在一起。

朋友没骗我，这个茶村，果然是我喜欢的地方。此地海拔千余米，四周环山，皆小峦，植被茂盛葱茏。不至山前，难见寸土。那绿，真是绿得养眼！又因此地多雨，且多于夜降，晓即停，昼则晴。故那绿，几乎日日如洗，新翠欲滴。我已钻入过近处的山，是的，植被厚密得非钻而不能入。小径还是有的，是茶农们砍竹砍树踩出来的。然而最长的小径，也仅到半山腰而已。估计在山顶上，连茶农们的足迹也是没太留下过的。

该茶村虽也是村，但和北方以及中原地区的村的概念大相径庭，家宅极为疏散。茶村被一条路况较好的水泥路劈成两部分，而每一部分，又以相邻的两三户人家为一个小的居住单元。这样的一些小的居住单元，东一处西一处，或建在路边，或建在山脚，其间是他们连成一片的茶地。

　　茶农较之于中原及北方地区种庄稼的农民，其收入毫无疑问是有了极大提高的。首先是茶树不至于使他们的汗水白流，更不会使他们年底亏损。而且，每天采下来的茶，都可以到几里地以外的收茶站卖掉，转身回家时兜里已揣着钱了。茶农好比是采茶工人，不是按月开工资，而是每天开工资。钱多钱少，由茶的质量和数量而定。若谁觉得自己今天兜里揣回家的钱太少了，那么就只有要求自己明天早起点儿，手快点儿了。

　　清明当月的原茶价格最贵，每斤当日采下的茶尖傍晚可卖到30元，甚至35元。据说，有的采茶能手，一天可采六七斤。而有的人家三四口人全体出动，几乎终日不歇的话，每天竟可采够三十几斤，日收入近千元，或千余元。采茶能手不再是采茶姑娘。此村计划生育工作实行得很好，以三口之家最为普遍，而且下一代又确实多为姑娘。但清明当月，茶农们的大小姑娘，都在学校里上学，采茶之事不太能指望得上她们。她们的父母也都不愿为了多挣些钱而影响她们的学习，所以如今村里的采茶能手，反而尽是姑娘们的中青年父母了。45岁以上的人也根本不能成为采茶能手了，因为采茶是一件需要好眼力的事情。我曾帮友人74岁的老母亲采茶。茶尖老人家已经是采不了了，我的眼力也不行。我帮老人家采大叶子茶。大叶子原茶最便宜，每斤才七角几分钱。我帮老人家采了两个多小时，估计才采了二两多一点儿，以钱而论，只不过挣了一角几分钱，还不够买半个馒头。但我已是汗流浃背，头晕目眩，颈僵而又臂酸了。我只得请老人家原谅，讪讪地逃离茶地，回到她家，替主人们打扫房前屋后的卫生去了。

清明当月，有那心疼父母辛劳的小儿女，也会同父母一起四五点钟便起床离家。那时天刚亮，但是已能看得清新绿的茶尖了。小儿女们帮父母采两三个小时茶尖，然后赶回家匆匆吃口饭，再急急忙忙地去上学。那两三个小时内，采得快的小儿女，也是能帮家里挣五六元钱的。茶农们一年的收入假如是一万元的话，清明当月所挣的钱，至少在三四千元。清明当月，对于茶农，是黄金月，也是他们的感恩月。在那一个月里，白天家家户户几乎无人。但凡能劳作的家庭成员，都会争先恐后地终日忙碌在茶地里，都会要求自己在挣钱的黄金月里为增加家庭收入而流汗、出力。

茶树是这样的一种植物，在适宜其生长的土地上，在多雨的亚热带气候条件下，在湿度较大的环山区域，人越是勤快地采摘，它的新芽也便一茬接一茬高兴地奉献不停。仿佛人采它，恰恰体现着对它的爱心。仿佛它是一种极其渴望被爱的植物，不停地长出新芽是它对茶农的报答。

清明当月，又可以说是一个累死茶农无人偿命的月份。

在那一个月里，从天刚一亮到天黑为止，茶地里远远近近尽是茶农们悄无声息的身影。他们迈进家门只不过为了喝口水或吃口饭。

那一个月里，茶农们全都变得话少了，累的。即使一家人，能不说话就明白的意思，相互之间也都懒得开口说话了。卖茶回来，他们往往倒头便睡。在梦里，也往往还采茶不止呢！

过了清明，茶价一路下跌，即使茶尖，也由三十几元一斤变成二十几元一斤再成十六七元一斤了……

我住在茶村的这几天，每斤茶尖已降至14元了，而大叶子茶，已降至6角一斤了。幸而这几天夜里阵雨颇多，拂晓则晴，茶叶的长势，仍很喜人。茶农们，也就仍像清明当月那样早出晚归，被鞭赶着似的勤采不止。无论原茶价格已多么便宜，采，当日便多多少少有些收入，不采，便一分钱的收入也没有。在他们眼里，一畦茶秧所新生出来的，分明是一枚枚的钱币啊！白天，我已经难得见我友人的哥嫂和老母亲一面了，只有在晚饭桌上，我才有机会和他们说上几句话。白天，我等于是他们家的看家人，也是整个茶村唯一的一个悠闲的男人。从七月份到年底，他们大约还是闲不下来的。只有冬季的两三个月，他们劳累的身体才得以歇养一段时日，而那也正是茶秧"冬眠"，不再发芽长叶的季节。昨天，老妈妈在晚饭桌上告诉我，她和儿子儿媳3人，一天采了十三四个小时，共卖得三十五元多。她儿子用那笔钱，为我买回了一只十来斤重的大公鸡，而今天晚上一定要炖给我吃。老妈妈说得很高兴，仿佛用她和儿子儿媳十三四个小时的辛勤劳动为我换回一只鸡，是特别有理由高兴的事。但是她后来吃着吃着就打起了瞌睡，饭碗也差点儿失手掉了……

我正是被那一只单独关在笼中的大公鸡啼醒的。

我站在二楼的廊上，看了一下时间，才六点多一点。我眼前，远远近近，尽是茶农们的身影。茶农们采茶那一种劳动，决然是悄无声息的劳动。

二楼的一张桌子上，铺了块塑料布，而塑料布上，已摊着这一户茶农不知是谁采回的一些茶芽了，大约有二两。我情不自禁地将那些茶分成了两份，接着又将其中一份分成了十等份。我再数其中一小份，共二百九十几枚新芽。那一小份约一两，时价一元四角钱。那一元四角钱，要由近三百次采放的动作才能挣到……

友人其时打来了电话，问这茶村是否符合我的"家园"理想？

我嗫嚅着不知如何回答，放下电话竟想到了民间对我们文人惯常所讥的一个词，那就是——"酸臭"。

这一天主人们回来得较早，因为要为我炖鸡。

老妈妈又采了满满一大背篓大叶子茶，一进门就让我帮她称一称——十二斤多，值七元多钱。

74岁的老妈妈于是欣慰地笑了，紧接着她背起茶篓就去卖。我要替她去卖，她拒绝了。她说卖茶是她一天最高兴的事。我陪她出门，74岁的老妈妈又对我说："儿有女有，不如自己有。万一我哪一天病了呢？我要趁现在还能采，抓紧时间为自己挣下点儿医药费，免得到时候完全成了儿女的负担。"

望着老妈妈佝偻着身子背着大背篓渐行渐远，我心亦敬亦悲……

回到屋里，我将所带的几千元钱，悄悄掖在老妈妈的褥子下。我想，我的老母亲已去世了，就算友人这一位74岁的老妈妈是我的一位干妈吧，那么我的做法岂不是很自然吗？

我又想，我们中国人，其实都该算是神农氏的后人。全人类的财富，最初都是由土地所得的。只不过在21世纪的今天，在中国，还有一位74岁的老人家，如此这般接近本能地辛劳着，令人难免会产生一种古代感。而她的身上，在我看来，还似乎有着一种超农的神性。那神性使我这种到处寻找所谓"精神家园"的人反而显出了精神的猥琐……

选自《读者》（原创版）2006年第10期

美丽乡村入画来

刘开奇　董志锋　李林芳　汪小龙

李官湾村很贫穷很落后，山大沟深，土地贫瘠，光秃秃的山梁上风沙漫卷，陡峭的羊肠小道上跋涉着到山下水家沟背水的人群和驮水的牛车队，雨天两脚泥，晴天一身灰。土舍、茅屋在风雨中摇摇欲坠，有些家庭还人畜共住，日夜闻着牛粪、驴粪味道的村民们并不反感这种味道，倘若在路上遇到一堆牲口粪，如果没有工具拾回家，他们就会在旁边放块石头，以示"名花有主"。这是李官湾村人为一方热炕抢占燃料的独特方式……这，是二十年前的李官湾。

李官湾村很无奈很萧条，由于学校整合，村里唯一的学校被裁撤，孩子们要到城里上学，很多父母就带着孩子进了城，打点儿零工，租个简陋的房子陪读。越来越多的村里人进了城，原来2000多人的村子，寥落得仅有200余名老弱病残看家护院，上百亩山坡耕地长成了草场，家家户户的墙头上爬满了青苔……这，是几年前的李官湾。

李官湾村很富裕很美丽，2000多亩土地被九大商家全部承包，2018年仅土地流转一项就有80多万元收入，最多的一户拿到了9万多元。从土地上解放出来的村民办起了农家乐，当上了工人，开拓出形形色色的增收渠道。造风景的人远道而来，争着、抢着，在李官湾办起了田园综合体和各种农庄，种上了富硒绿色蔬菜和各种进口的鲜花；看风景的人络绎不绝，陶醉在优美的自然风光和浓郁的文化气息之中。众星捧月，终于给她赢来了2018年"中国美丽休闲乡村"这响亮的名片……这，是今天的李官湾。

"一举成名天下闻"的李官湾村，俨然成了甘肃天水人和游客心目中的诗与远方。

李官湾村坐落在天水市秦州区南部的慧音山之巅，距"陇上第一名刹"南郭寺仅2公里，距天水市区5.8公里，下辖水家沟、胡家堡、柴家山、新庄、老庄五个自然村，人口274户1405人，民风淳朴。

信步李官湾新村，远处的密林云雾缭绕，一个个帐篷连接成引人无限向往的休闲露营公园；近处精巧别致的小洋楼一字排开，凝结着乡愁的乡村记忆广场成了视野开阔的观景台，古色古香的亭台楼阁绿树掩映，金毛犬在挂着大红灯笼的院门前撒着欢儿，群群白鸽扇动着翅膀从头顶悠然飞过。

清晨，明媚的霞光穿过天际，洒在峰峦叠嶂之上，山间的水汽缓缓升腾，李官湾云蒸霞蔚，恍若人间仙境；入夜，皓月当空，星光灿烂，南山云端露营公园的篝火晚会点燃了游客的激情，盛世欢歌响彻云霄。春天，这里有野花漫山开遍，郁金香吐露着醉人的芬芳；夏天，这里有"孔雀花海"，五颜六色的百日菊吸引着游人络绎不绝前来观赏；秋季，这里有层林尽染的五彩斑斓；冬日，这里有南山滑雪场的晶莹与浪漫。

在李官湾村，"三变改革"让农民全部变成了股东；易地搬迁让旧村落变成了乡村记忆博览园，绘制在土墙上的乡村风俗画，悬挂、摆放在场院边的铁铧犁、木糖耙、簸箕、风车等生产农具，引人回到那日渐久远的农耕时代。

到这里来，你可以在南山云端文化旅游度假区骑马、射箭、滑雪、滑草，在房车影院里面看电影，在亲子乐园中快乐嬉戏；可以在格瑞农庄、祥云农庄里撒欢劳作、采摘果蔬；可以在南山书院听讲座，绘画写生……

这里，看得见山，望得见水，留得住乡愁。古朴传统与现代文明在这里交会，特色产业与田园风光在这里召唤，"中国美丽休闲乡村"李官湾，正吸引着越来越多的人慕名而来，陶醉其中，流连忘返。

"绿水青山就是金山银山"，这是李官湾村华丽蝶变的最恰当的诠释。

自从1999年以来，李官湾村响应国家退耕还林政策，栽植了1740多亩森林，森林覆盖率达到了45%。面对着漫山碧透的这一方灵动山水，如何才能盘活资源，走出一条属于李官湾的振兴之路？这是摆在各级党委和政府面前的重要课题。

首先，影响发展的症结在于路不通。李官湾村要走一条适合自己的绿水青山的发展之路，缺不了一条条能够承载这份蓝图的大道。

从2013年开始，短短几年时间，李官湾村从南郭寺山门开始、全长7.5公里的柏油路徒步景观大道修成了；从水家沟方向入村，全长5公里的"扶贫路"硬化了；自李官湾出发，经杨河至皂郊镇全长30多公里的旅游通道打通了；从吕二沟上山的一条路也竣工了。李官湾拥有了四通八达的交通条件。

一条条大路，连通了乡村与城市，沟通了过去与未来。更重要的是，打破了人们封闭的思想，筑起了从脱贫攻坚走向乡村振兴的希望。近几年来，在天水市委、市政府的领导下，李官湾村依托南郭寺景区的辐射优势、生态优势、区位优势，提出了"发展乡村旅游、助推乡村振兴"的发展思路，在村两委班子的带领下，通过土地流转、招商引资，多举措、全方位、多业态发展乡村旅游，着力打造村美民富的休闲乡村旅游示范村。按照"一点多元"旅游发展战略的定位，围绕李官湾文化旅游村这个中心点，用"以点带线，以线串珠"的方式，精心打造了多条精品旅游线路。

目前，李官湾村拥有了南山云端田园综合体、漫泰谷·乡村旅游度假体验园、南山书院、寿山书画院、农耕文化博物馆、格瑞农庄、祥云农庄、南林丽景农业综合体等九个"文农旅"大项目。

靠赶庙会卖粽子维生的村民吴玉全夫妻回到村里办起了农家乐，告别了起早贪黑跑夜路的日子，不到半年时间就挣了2万多；张余彩老人给南山书院的工作人员做饭，一个月能挣1800元；村中最贫困的三户人被南山云端田园综合体招收为员工，一年工资收入两三万元……

2018年，李官湾入选甘肃省首批乡村旅游示范村，寂寞多年的李官湾村，终于展露出了她醉人的光彩，迎来了四面八方的游客；贫穷多年的李官湾人，钱袋子终于鼓起来了，过上了富裕幸福的生活。

李官湾村好不好，其实谁都不如岳父母有发言权。游客们来到这里，只做短时间的停留，而把女儿嫁到李官湾来，那可是押了她们一辈子的幸福，来不得半点儿疏忽。所以，多年来，尽职尽责的女方父母们，硬是一次次为李官湾投了反对票，从而让李官湾背了多年"光棍村"的大名。

"以前人家都把我们村叫'光棍村'，真的是每三户人家就有一个光棍，说一门亲事，女方家来看一回就不成了，两三年进不来一个人。现在嘛，只去年一年就结了十几对。"说起这个今昔大变化，今年57岁、当了整整二十年村干部的现任李官湾村党支部书记倪宝成高兴得合不拢嘴。

诚然，今天的李官湾村，成了姑娘们择偶的"香饽饽"。有几位河南、陕西等地的姑娘成了李官湾村小伙的新媳妇，天水市区、二十里铺等城区、山下的姑娘，也嫁到了村中来。

走进李官湾村，最能直接看见和体会到的，是它的"产业兴旺、生态宜居、治理有效"，生活走向富裕。然而，当你细心品味，会更惊叹于它在"乡风文明"和文化发展道路上的幸运、机遇和前景。

让我们暂且退回到李官湾村之外，先从它的仿古牌坊说起。

李官湾村牌坊的正反面，分别雕刻着一副楹联，正面的楹联是：

上联：良乡仰俊才，士生厥壤挺逸秀；

下联：南郭滋李官，钟振陇右赴康庄。

由天水师范学院副院长、古典文学博士汪聚应教授撰写。

背面的楹联是：

上联：汉柏唐槐，诗客心园南郭寺；

下联：清风朗月，桃园胜境李官湾。

由著名天水籍书法家毛选选撰写。

你的双脚跨过牌坊，沿着李官湾新村那排标志性的漂亮楼房前行，便会看见正在建造中的一栋非常美观的小楼的雏形，那是李官湾传统工艺文化旅游园，它将把古法榨油、石磨磨面、民间酿醋、无矾粉条、古方酿酒等传统食品加工集于一体，采取网络预约、家庭体验、分散派送的智慧城市模式，打造田园式、体验式、回归传统的民间产业文化园。后期项目增加了手工编织、木雕家具、陶艺雕塑、非物质文化遗产保护等，这个项目，几乎涵盖了天水民俗文化的全部。

村子中间最敞亮开阔的地界，是集乡村旅游、民俗体验、农耕文化、陶艺展示、传统射艺、非物质文化遗产展演等为一体的李官湾乡村记忆广场。这里展示的乡村生活传统、劳作传承、民间习俗、礼仪道德以及乡村变迁的实物图片和村民使用过的老旧物件，一定勾起了你浓得化不开的乡愁了吧？

穿过人类历史上的这些记忆，仿佛穿过时光隧道，但在中途，你不得不停来，因为一座中式仿古四合院呈现在了你的面前，这便是南山书院。

在南山书院的正门上，悬挂着"李官湾楹联村"和"李官湾书画村""天水师范学院美术与艺术设计学院实践基地"三块牌子。这是南山书院的分设机构，也是李官湾村的文化名片。在南山书院大门两旁的木柱上，雕刻着这样一副楹联：

上联：请君拾级敛衽，凭栏饮佳酿，谈笑说文章，且来椿荫新书院；

下联：任尔去国怀乡，仗剑登名山，挥斥开胸襟，莫忘陇上小江南。

据说这是天水师范学院教授、诗人薛世昌几上李官湾、拈断数根须撰写的，最终在几十副对子中脱颖而出，由著名书法家范硕先生挥毫书就，高高悬挂在了南山书院的大门上。

此时，你一定已拾级敛衽，走进南山书院了吧？

它的设计者和建设者、毕业于河北大学工艺美术学院的画家栗浩宇会告诉你，南山书院在五一开业的是一个集国学培训、书画交流、非遗展演、文化养生为一体的书院式讲堂。在这里，李官湾村的孩子与村民，可以享受免费的书画和劳动技能培训。

如诗如画的李官湾，和着乡村振兴的号角，正在走向更远、更美好的未来！

选自甘肃科学技术出版社《陇上百村纪事》

花海农庄溢满花香农趣

郜晋亮

人在景中走，如在画中游。

沿着油嘴湾花海农庄的人行步道，一路向上，时而幽静，时而开阔。幽静处有小花与鸟鸣，开阔处可农耕体验。登临景区最高处，眺望远方，有苍茫的群山，金黄的菜田，还有绿树掩映中幸福的小村庄。

任臣义是油嘴湾花海农庄的负责人。他指着山下的村子说："那就是麻吉村，现在村里可是大变样了，环境越来越美了，大家的收入也越来越高了。有的在农庄里务工，有的在村里开农家乐，除了老人和孩子外，几乎没有闲着的人。"

油嘴湾花海农庄就位于青海省互助县麻吉村，如今这里不仅成为村里的支柱产业，而且还是城里人感受乡村文化、体味农趣农味的好去处。任臣义告诉记者，今年开园至今接待游客已经超过7万人，花海带动了村里115户农户入股经营，2018年分红达到30万元。

油嘴湾火了，麻吉村富了。三年前，没有人想过村子背后的那片荒山还能有这么大的用处，没有人想过自己还能当老板在家门口赚到腰包鼓鼓，更没有人想过那个从村里走出去又回来的大学生有这么大的本事。

短短三年，麻吉村走出了一条产业振兴的宽阔大路。村里的党员、干部们都不由地感慨道，乡村振兴不就是我们麻吉村的样子嘛！有产业大家富，有环境住得美，有人才留得住，有问题不出村，文明新风看得见。

支部聚人心　铺稳产业路

而立之年，任臣义放弃了城市的一切，带着梦想回到了自己出生的村子。"这些年外面打拼，干的都是和文化旅游相关的事情。见识的越多，就越觉得农村真是一片值得开发的宝地。"任臣义说，"我开始琢磨，村子里的那片荒山要是能打造成花海农庄该多好，传统的土族文化拿出秀秀也不错，婶子们做点拿手的农家饭招待客人该多好。"

整个蓝图渐渐在任臣义的脑子里成形，回到村子后就是要把这些想法一一变成现实。任臣义首先要做的事情就是跟村"两委"商议，以花海农庄的名义把荒山荒坡全部流转过来。不过，事情总不遂人愿。荒山荒坡上零星分布着一些耕地，坡上坡下还堆放着柴草和杂物，一些村民对于干花海农庄的事很不赞成。

"当时一下子觉得自己有些天真，都是一个村子里的人，为什么不能互相支持一下。难道真的是我的想法错了？"回忆起当年的事情，任臣义说道，"我能理解大家对一个毛头小伙子的轻视。换作我，可能也不会轻易就同意。"一时间，任臣义感到孤立无援，原本丰富多彩的想法也黯淡了许多。

关键时刻，任臣义想到了村里的党支部。"村里人对党员们都很信任，要是支部的党员能帮忙，事情肯定会干得顺利。"任臣义告诉记者，当与村党支部书记李世新、村委会主任任大武聊完此事后，两位村干部果断答应了下来。接下来的半个多月，李世新和任大武就带着村里的党员、干部和任臣义，挨家挨户做工作。

"现在村里的年轻人都出去打工了，没有多少愿意回来的。臣义回来了，还想为村里干事情，我们应该鼓励，更应该支持。村背后的山坡要是真的变成了花海，以后可是大家增收致富的一条大路呀！"任大武说，"全体党员表示可以用党支部的名义来担保，让臣义放开手脚试一试，大家要全力支持。"

终于，大家的思想工作做通了，任臣义向着自己的梦想迈进了一大步。他在想，为什么李世新能说服大家，除了大家对支部书记的信任外，其实还有对党组织的信任。有组织在，大家愿意把心聚在一起，把劲儿使在一处。

人人都参与　户户能增收

沿着山路向上，原先的泥巴路已经全部改造成了水泥路，路两旁设置了一些小的摊位，村里的贫困群众可以申请在此做一些小本生意，销售一些自家种植的蔬菜、手工制作的粉条等特色产品。任卿友就是受益者之一。他告诉记者，从开园他就在这里卖饮料，游客多的时候，一天能挣到200多元，虽然钱不多，但足够补贴家用了。

一边走，任臣义一边回忆创业的艰难。"城里人来了，除了玩，还要吃。"花海开始建设，任臣义就琢磨着如何解决游客的吃饭问题。"山上游花海，山下品农味。"任臣义说，"村里的婶子们要是办起农家乐，生意一定会火得不得了。"可是苦口婆心的任臣义最后只说服了3家，支起锅灶，开门迎客。

郭守琴的"土乡人家"就是村里最早开办的农家乐之一。"听了臣义的话，真是听对了。"郭守琴高兴地说，"2017年7月，花海已开园，农家乐就来了客人。经营了不到3个月，净赚了5万元，全家人都沉浸在欢喜中。"于是，2018年郭守琴把农家乐的规模扩大了一倍，又聘请了服务员，3个月时间净赚了8万元。她告诉记者，今年的生意更好。

如今，麻吉村油嘴湾花海农庄已经建成了集花卉观赏、农事体验、古窑洞文化体验、徒步健身、特色小吃为一体的生态休闲农庄，村里的农家乐已经从当初的3家发展到了20多家。郭守琴说："来这里的游客要是不提前预约，就很难品尝到我们的农家风味。"

打造花海农庄，最初的设想就是要通过发展产业来带动农民增收致富。园里园外都一样，如果说农家乐是间接带动的话，那么花海农庄还有一大批直接带动的农户。任大武说，花海农庄的乡村旅游产业已经成了村里人增收的大产业，2018年全村人均支配收入9200元，其中10%就来自花海农庄。

村民阿占芳是农庄的职工，而且还是"管理层"，主要负责农庄里的油坊、粉条坊、小吃坊、酸奶坊、跑马场等，每个月可以领到3000元的工资。不仅如此，他在农庄还有股份，年底还可以享受分红。他告诉记者："以前种庄稼，外出务工，现在家门口就能把钱挣。看着村子里这几年的变化，心里感觉很舒畅。"

吸纳新元素　产业后劲足

产业虽然做得好，可要是人的素质跟不上，也会拖后腿。最初，为了能很好地解决这个问题，任臣义向村里提议开办"农民夜校"，邀请知名民营企业家、旅游经营管理人才、致富带头人等，讲授休闲农业、乡村旅游、农家乐经营管理、文化创意、宣传营销、农产品加工包装与销售内容，为大家打开了解外界的一扇门。

渐渐地，村里人的思想观念有了很大的转变。阿占芳也上过"农民夜校"。他说："以前咱们不懂城里人，现在就喜欢和他们聊，从他们身上能学到很多新的东西，对自己也是一种改变。现在我管理的小吃坊、粉条坊、油坊，不仅要做出农村的味道，更要懂得城里人的口味。"

这几年，城里来的、外地来的游客越来越多。村"两委"和农庄最忧心的事就是村民尤其是经营户一些不文明的行为给游客带来不便，给村里名誉带来损害。为此，村"两委"联合农庄，每周一一早都会召集农家乐、小摊经营户等进行集中培训，包括环境食品卫生、文明礼仪、服务质量提升等。

李世新说："游客们是来给咱们送钱的，大家要笑脸相迎。现在村子不仅是省上乡村振兴的试点示范村、乡村旅游的示范村，还是全国乡村旅游重点村。这些牌子来之不易，我们要把它擦亮，必须保持农村人淳朴、热情的本色，自觉讲卫生、除陋习，养成健康文明的生活习惯。"

为此，村"两委"还通过"一名党员一面旗"等活动，充分发挥党员干部的先锋模范作用，自觉带头抵制不良风气，用群众舆论、群众评价的力量褒扬乡村新风。同时，村里还建立起网格化管理制度，将全村划分为7个网格，每个网格都有一名村小组组长负责具体管理，目的就是要让问题与矛盾第一时间得到解决，让乡村新风吹到每一个角落。

花海农庄也在积极倡导文明乡风，不过他们有另外一种方式。这段时间，土族原生态歌舞剧《塔拉之约》正在花海农庄上演，让文明乡村融入传统文化，再散播开来。任臣义说："文化的东西最有感召力。农庄还通过举办文化旅游节、美食节、年货节等活动，让村民们参与进来。产业发展要吸纳新元素，后劲才会足。"

选自《农民日报》2019年8月26日

领受你美丽的抚慰

张丽钧

我是在小学课本上认识小英雄雨来和他的"还乡河"的。闭了眼,雨来就在那条河里扎猛子。但我一直没机会去亲近那条距离我现在生活的城市并不遥远的河,只在假想中分享着雨来在水中当泥鳅的惬意。

终于,骤然降临的酷暑把我和几个朋友赶到了这条还乡河边。

没有想到,这竟是一条很媚气的河流。我疑心它是粗枝大叶的北方变的一个想逗笑水乡妹子的魔术。我呆立于清凌凌的水边,愣愣地开口向当地一个林业工作人员问道:"这条河,一直是这个样子吗?"他不解地望着我,说:"是啊。不是这个样子又该是个啥样子呢?"——不,我不是在怀疑什么,而是觉得在我的襟袖之间藏着这样一条简直是照着漓江的样子梳妆过的河流,多少有点不可思议。

我们租来橙色的救生衣,认真地穿好,准备上船。

那是几条简单的木船,比我小时候折的纸船复杂不到哪儿去。

穿白色对襟衫的船家悠悠地摇着橹,跟不远处的几个同伴吆喝着问答,大概是讲谁的"鱼阵"里圈住了一条多大的鱼之类。待船家闲下嘴来,我忙抢着问:"什么叫鱼阵啊?"他一指河边类似竹栅栏的东西告诉我说:"那就是鱼阵。用竹扦子插成一个迷阵,鱼只能顺着往阵里游,不能伢着往阵外游。渔民就用这土法子捕鱼。"我问:"这河里鱼多吗?"船家说:

"多。还好吃呢!可我们摆鱼阵时把扦子插得特别稀,我们只圈大鱼,不圈小鱼,小鱼进不了阵底,从扦子缝里就跑了。"有人插言说:"我们老家那儿有炸鱼的,还有电鱼的呢!炸鱼就是往水里扔炸药,把一大片水里的鱼都炸死;电鱼就是往河沟子里通电,把整条河里的鱼都电死……"不等那人说完,船家就抢过话头说:"哎呀,这事干得可忒'绝户'了!咱还有儿子、孙子呢不是?炸光喽,电绝喽,咱还不得招子孙们骂呀?——我们这儿可不兴这么干。"

我心头一热,觉得这个穿白色对襟衫的汉子还真有几分素质。

岸上的绿,深深浅浅的,扑进水里,在波中漾啊漾的,被我们橙色救生衣的倒影一衬,十分好看。

水阴阴的,把我们的思绪都浸得微凉了。

有鸟叫声送入耳鼓。水娇水媚的鸣啭,让人疑心是从水底传来的。有人问船家那是什么鸟,船家有些不好意思地说他也不知道,接着他解释说:"鸟忒多了,实在是认不过来。要说这河上最好看的鸟,还是白天鹅。每年刚开河的时候,就有几百只白天鹅来这里歇脚。它们的叫声传得好远!嘎嘎嘎……它们叫得可好听了!它们在这河上待半个多月,然后就往北飞了。看到半山腰上那个村子了吗?那就是我们百草坡村。我们村里的人们都认识那些天鹅,天鹅也认识我们村里的人。年年见了面,大家都欢喜一阵子,跟老朋友一样。我们百草坡的人都稀罕鸟,野鸡跑到房顶上偷吃玉米,也没人伤它们。"

我们听得欢叫起来,仿佛天鹅和野鸡也成了乐于跟我们厮守的好朋友。

越往下游走,河面越开阔,河水也越深了。

有人突然倾下身子,试图抓住水里的一条小鱼,船身猛晃了几下。船家笑问那个惊魂未定的家伙:"会水不?"那人说:"不会。"船家说:

"我们这里的人全都会水。那小英雄雨来的水性可不是吹出来的！"我好奇地问："你们这儿的人是不是特为雨来骄傲？"船家说："那自然！我们也特别感谢作家管桦，他把我们这条还乡河和生活在河边的人都写活了。"——嗬，他还知道管桦！让我更加惊异的事还在后头呢。小船驶过一座小庙时，船家告诉我们说："这叫'红石庙'。传说庙门上有一副对子，上联是'山庙无灯明月照'，下联是'山庙无门白云封'。——别看有这么多叠字，可真是好对子啊！你咂摸咂摸，越咂摸越有味道！"

大家饶有兴味地重复着船家所说的对联，一边撩水一边咂摸着其中的味道。一个女友俯在我耳边说："啧啧，没想到，雨来的这个老乡还挺儒雅。"

我轻轻舒了口气。我在想，小小的雨来，用他的机智勇敢捍卫了这好山好水。今天，如果他泉下有知，一定愿意他热爱的山水得到更多的人热爱，也一定愿意他敬重的父老乡亲得到更多的人敬重……

日已过午，岸上的朋友已是几番来电催促上岸了，我们的船依然被水深情地挽留着。有人突然问船家："你们百草坡有房子出售吗？多少钱一平方米？"不待船家回答，满船的人就都欢笑起来。

"欸乃一声山水绿"，是柳宗元的诗句吧？先前，我总以为只有在南方才可以领略这般景象。然而，今天，我在北方一个叫黄昏峪的地方也幸福地潜入了这句诗的内核——听这小船欸乃，看这山水皆绿，连我疲惫的生命也被辉映得如此有声有色了。我喜欢童年时在书页上揣想过的这条河，喜欢这有些媚气的清凌凌的河水，喜欢这河畔生长出的原生态的故事，喜欢会模拟天鹅鸣叫、会咂摸好"对子"的船家。

当酷暑追击我们的时候，我庆幸能和朋友一道遁入这个水光潋滟的时刻，领受一种特别的抚慰，宴享一种特别的恩宠。

有个美国人曾说:"朋友们问我去林肯的瓦尔登湖畔做什么,看四季的轮回难道就不算是一种职业吗?"说这话的人叫梭罗。真喜欢他的这个回答。但是,俗务缠身的我们,哪个又敢口出这等狂言呢?大自然是精彩的,万物之灵的人也该活得精彩。然而,大自然的精彩常被我们过于好奇的手改写得面目全非。自作聪明的我们,还常常用这样或那样的理由剥夺了自己亲近大自然、让生命呈现精彩的机会。我想,就算我们不能奢侈地以"看四季的轮回"作为自己的职业,至少,我们也应该懂得,业余时间去亲近一回大自然,是人生应该追求的一种荣光……

选自《读者》(原创版)2006年第8期

平头沟的朝气

马步升

天终于放晴了。久雨乍晴的崇信,天色明媚,山川秀丽。在那个下午,我走进了锦屏镇一个名叫平头沟的村庄。

平头沟村距离崇信县城有七八里路程,来这个村庄完全出自偶然。整体脱贫以后的崇信县,举办了一场规模盛大的论坛,我作为受邀嘉宾,亲身感受到了崇信上下对发展的渴望。会议期间,有人说崇信的一个村庄将原来的土窑洞改造为养牛场。我心下为之一喜。我是在土窑洞长大的,离开老家几十年了,对土窑洞有着磨洗不去的记忆,也对土窑洞的诸多优越性有着相当深刻的体验。几千年间,土窑洞是整个黄土高原地区最为常见的居住形式,可以说,窑洞文化博大精深,土窑洞不仅是黄土高原民众的安身立命之所,从土窑洞中也走出了无数的民族精英。可是,在这二三十年间,我去过黄土高原的许多村庄,让我倍感无奈的是,土窑洞差不多都被废弃了,它们像是一只只干涩迷茫的眼睛,在怅惘着时代的车轮绝尘而去,而窑洞,在有些人眼里,几乎是贫穷落后的象征物了。固然,时代在发展,人们对居住条件有了更高的要求,这非但无可厚非,而且理所应当。但是,在新时代,土窑洞真的一无是处了吗?

走进平头沟村口,当我一眼看见,一头头牛在一座座土庄院的空地上徜徉时,眼前为之一亮。养牛的土庄院大多为"崖(ái)庄子",即利用自然地势，将黄土悬崖斩削齐整，挖出窑洞，留出一定空地，版筑起黄土院墙，一座漂亮的土庄院便形成了。这是黄土高原最常见的庄院形式，一般都是坐北朝南，背风向阳，采光好，保暖，因是在黄土沟畔修造，省工，不用浪费可开辟为耕地的平缓坡地，还可让本无利用价值的黄土悬崖变废为宝。如此便引出了另一个优点：安全。这种形制的土庄院，三面贴着几丈高的悬崖，留出的一面又是高大的院墙，野兽很难得手。大门出去便是黄土深沟，在战乱时代，一旦有危险，全家人便可从容躲入深沟。我曾看见一些文章说，黄土高原的居民穴居窑洞，是因为缺少建筑材料，这真是强作解释。窑洞的起源可以上推到周先祖，从那时候开始，先民们便"陶复陶穴"。想想看，那时候的黄土高原还是林木遍地，走兽成群，怎么会缺少建筑材料呢？以土窑洞为主要居住形式，正是因地制宜的智慧选择。

平头沟村的窑洞高大敞亮，院落平坦开阔，久雨后的阳光遍洒向阳的院落，一头头牛沐浴在阳光下，分外欢快。

在这里我遇见了梁老汉。他是人群中那种格外有范儿、气场十足的男人。身材瘦削却挺拔，戴着一顶无法考证年代来历的宽边圆顶帽，一身沾满黄土的粗布衣，外罩一件已经被黄土遮去本色的马甲。有意思的是，他的肩膀上搭着一根旱烟锅，垂挂在胸前，铜头，铁杆，玛瑙嘴。我解下来，拿在手中沉甸甸的。我说，你怎么还用这种古老的玩意儿，他笑说，香烟抽上没劲嘛。他自己栽种烟叶，自己采摘自己抽。他相当自负地说，我这旱烟锅还有别的用处哩，哪头牛要是调皮捣蛋，我就用旱烟锅教训它，碰上恶狗咬人，我这烟锅还是防身武器哩。其实，这些我都知道，从小，长辈们大多都有这样一件随身设备，男人基本都有，一些上年纪的女人也抽旱烟。胸前挂着长杆旱烟锅的梁老汉，格外威风，精气神都有了，像是一位全副武装的战士。梁老汉还戴着一副石头眼镜，古朴而高贵。我说你这眼镜有年月了吧,他说,这是家父留给我的,百年上下了吧,戴着老人用过的眼镜,也是一份念想。

说起养牛,梁老汉兴致大增。他今年已经七十九岁了,四代同堂,有四个孙子,还有了一个重孙子。本来,生活不成问题,儿孙们都反对他养牛,都想让他一心不操、颐养天年的。但他不愿闲着,以他的话说,不养牛没精神,和牛在一起,精神就来了。确实,与牛在一起的梁老汉,像牛那样精神。在乡村,梁老汉可是个能人,童年时读过两年私塾,他笑说,娃娃家的贪玩,不好好念书。我问他还认得字不,他有些得意地说,当然认得的。我问他能读下去报纸吗,他说那没问题。他还会木工,年轻时,盖房,打造各种木质器具,都很在行。在大集体时代,他还当过两年饲养员,为生产队养牛。土地承包后,他家一直养着两头母牛,主要是耕地和积肥。为啥只养两头牛,还都是母牛呢?他说,多了养不起,母牛可以生小牛。在很长的岁月里,他每年都可以出售一头牛,给家里换来日常花销。

梁老汉当下的养牛与先前完全不同了,他养的都是商品牛。这是优质牛种"秦川牛"的改良种,被命名为"平凉红牛"。这种牛,个头大,成牛大都在千斤以上,加之品种优良,肉质好,在国际、国内市场上大受欢迎。"平凉红牛"成为平凉农村的一个新兴的支柱产业。而利用废弃的土窑洞养牛,大约出自平头沟人的无心插柳吧。牛这种大牲畜,自从与人类结缘后,和农民一样,对土地有着一种天然的亲近感。住在土窑洞里,行走在土地上,踏实、健康、阳光,完全不像关进水泥牛栏那样,或无精打采,或狂躁不安。在土窑洞养牛,可以减少牛栏建造资金三分之二以上,还可以节省土地,将废弃闲置的土窑洞利用起来,真是一举数得。在平头沟,养牛的不是梁老汉一人,而是一项普惠农户的现代农业产业，也不是以前那种自养自用自销的自然经济模式，而是由公司提供基础母牛，统一配给饲料，科学化和模式化管理，生出牛犊归农户所有，成牛后，由公司按市场价统一收购。这种兜底运行方式，解除了农户的经营风险，也保证了产品的质量。梁老汉在自己的院落里独自养牛，仅去年，他一人便卖出一头成牛，四头牛犊，收入不菲。我说，你为家里贡献不小啊，他笑说，娃娃们都看不上我这点儿收入，我主要是为了自己高兴，人老了，做一些自己喜欢做的事情，精神。

确实，梁老汉看起来很精神，比起像他这种年纪的人，要有精神得多。

平头沟是一个很大的村庄，开辟为养牛场的部分，只占了村庄的一角。原有的村民都搬到了公路边，住着整洁的水泥房或砖瓦房了，形成一个很大的聚落。闲置的老村庄，除了养牛场这一片外，一条洪水沟的另一边，还有很长的一条沟，沟的两面，排列着一孔孔土窑洞，和一座座废弃的土庄院。这里几乎是窑洞博物馆，各种形制的窑洞庄院一应俱全，诸如"半明半暗庄""高窑子""拐窑子""地坑院""箍窑子"，当然，最普遍的还是"崖窑子"。人是土窑洞的灵魂，有人居住，土窑洞看起来虽朴素粗糙，但使用几代人都不会坍塌。平头沟的人搬离土窑洞的时间并不长，但原来被刮削齐整的黄土崖面，已经生满了各种灌木和杂草，院落里，庄院前的空地上，杂树疯长，杂草凄迷，一派破败感。

时代的脚步从来都是这样匆忙而凌乱，在抛弃陈旧无用的事物时，往往将可以变废为宝的东西一并抛弃了。忽然有一天，当地的有识之士看到了窑洞村落的价值。他们立即行动起来，拿出规章制度，打响了乡村保卫战。他们将原来横亘在村庄间的洪水沟筑成梯级水坝，汇集洪水，在向来缺水的黄土山乡，已算得上一方有水的风景。水沟的那边，与养牛场遥遥相望的是那片已经废弃的杂树掩映的窑洞村落。聪明的商家也已经嗅到商机，正在与政府部门制订合作开发计划，总的思路是绝不能破坏村庄的原貌。他们从无数被改造得面目全非的传统村落那里获得了新的灵感，他们深知，所谓的农家乐，绝不是把城里的饭店搬到乡村。是农家，就得有田园风光，有自产的农产品，有家畜家禽，有牧童横吹，有真实的乡村生活，让人体验到农家生活的真谛，这才是农家乐。

现在到处都在说乡愁，留住乡愁的愿望无比强烈，但是，究竟什么是乡愁，却很少有人给出一个清晰的回答。其实，乡愁的本义，不是对乡村的留守者而言的，而是给离乡者留存一些乡村记忆。中华文明之光是从大地深处迸发出来的，不懂得中国农村，很难真正理解中华文化的精髓。再者，让那些生长于城市的新一代人，在课余，在作业之余，在繁忙而烦乱的工作之余，有一个亲近土地的场所，借以换一换心境，补充继续前行的能量。说得再远一点儿，随着老龄化社会的到来，老人们在清风明月的乡村养老，花费少，接地气，在一个闲适宽松的活动场所里，做一些简单快乐的农活，比如种菜、种花，比如像梁老汉那样与牛为友，似乎会有利于身心健康，而介入平头沟开发的商家，正是以这样的理念勾画未来的。

离开平头沟时，正是夕阳西下时分，阳光仍然明亮，梁老汉弯腰与他的牛在说着什么话，离老远，都能看到他志得意满的神情。另一些老人也在养牛场不紧不慢地忙活着，个个兴致勃勃的样子。在如今普遍缺少年轻人的村庄里，很多弥漫着挥之不去的暮气，而同样缺少年轻人的平头沟村，散发的却是朝气。

选自甘肃科学技术出版社《陇上百村纪事》

都市白领的"乡村图书馆"

谢 岚

他们是名牌大学的经济学硕士,大型国企的软件工程师、办公室秘书,但他们不满足于仅此而已的生活,于是,他们一起开始做同一件事:建"乡村图书馆"。这些图书馆有一个共同的名字:立人。

"立人"的几位核心成员都很年轻,都曾在城市里拥有一份体面的工作。李英强,30岁,北大经济学硕士,先后在北京的企业、杂志社工作。聂传炎,29岁,李英强的老乡和大学校友。金复生,26岁,以前在南京一家大型国企任职,和聂传炎是同事,一个是软件工程师,一个是办公室秘书。

"2007年,我和一位学者一起出差,一路上谈到乡村建设,谈得很深。就在那时,我决定为乡村的青少年成长做些事情。"李英强说。项目启动后,聂、金二人加入。这件事给了他们迷惘的人生一个机会。

他们希望乡村的孩子们在开始精神发育的时候,能够吸收到适当的营养,从小就能树立自立的信念和信心;更希望这些孩子能够更加健康地成长,尽早知悉做人的道理。

2007年底,"立人乡村图书馆"正式启动。一年多来,先后在湖北黄冈市蕲春县青石镇和河南信阳市淮滨县固城乡成立了两家图书馆。2008年8月,第3家图书馆的地址初步有了着落:四川东北部的巴中市,平民教育家晏阳初的故乡。

"立人"只有4名全职人员：李英强和妻子张新月负责项目的拓展；金复生和聂传炎则"单兵作战"，各守湖北和河南分馆；而在北京的理事会则负责筹款、财务、外联等事宜。除了常规的阅览，两家分馆都开办了读书会、选修课、电影欣赏、文艺演出，这对农村孩子来说，是头一回见到的新鲜事。

村里的孩子惊讶地发现，这里上课可以"不守规矩"！只要轻手轻脚，不影响其他同学，可以自由出入，哪怕老师正在上课；随时可以起身喝水、上厕所，无需举手报告；不论老师讲到什么地方，如果学生有疑问，随时都可以举手提出问题。

上的课也和学校里完全不一样。金复生弹得一手好吉他，他向孩子们讲起了他最熟悉的爵士、布鲁斯、乡村音乐。

湖北青石镇的孩子们从来没听到过这些洋名字，但让金复生感到意外的是，他们很兴奋，经常在班上手舞足蹈。

2008年6月，河南固城第二分馆启动后，聂传炎从湖北青石一馆来到了这个偏僻的中原乡镇。刚来的时候，他有些失望，觉得这里的孩子喜欢泡网吧、看电视剧，没有对知识和精神世界的渴求。他们的父母往往外出打工，无暇顾及子女的教育。

但厌学的孩子在图书馆发生了一些变化。李英强教过一个男孩，他不喜欢上学，想退学，但他到图书馆来看书上课后才第一次意识到，学习原来并不是那么枯燥。前不久，李英强收到了正在上海打工的男孩写来的信：我非常感谢您，是您让我知道怎样使用人类的武器——大脑。我以前不喜欢思考，自从我进入图书馆后，便慢慢地学会思考。是您让我改变了自己。

中秋节前,孩子们知道聂传炎要独自在异地过节,决定给他办一个"中秋晚会"。月亮还没有出来,学生们自己动手搭起了"观礼台",请聂传炎坐在中央,表演起了独唱、话剧、小品、魔术等节目。"这是最近几年里我过得最热闹、最惊喜的中秋节,"聂传炎说,"节目都是学生们自己编写、排练的,有的孩子很有表演的天分。"

李英强说:"我们不是做慈善,不是送温暖,我们只是有兴趣,想做点事情——我们是为了自己。"他们的短期目标很简单:首先让孩子们有书可读,其次让书籍流动起来,使图书馆成为当地的公共场所。"立人"有个口号:到你的家乡去办一座图书馆! 10年内他们打算动员和培训50~100人,到自己的乡村老家去办成这样一件事。

选自《读者》(乡土人文版)2009年第7期

一个人的农耕实践样本

周华诚

一个在城市工作的儿子，一位在乡下耕种的父亲，一块"父亲的水稻田"把城市与乡村联结起来，所有的故事，就从这块稻田里生长出来。

当我跟父亲说2014年想在老家种一小片田、跟城里人分享大米的时候，父亲惊讶极了。当我说到一斤大米30元的价格时，他的嘴巴都张大了。

这件事太异想天开了。他觉得这是不可能的事。当然后来他相信了。

因为这个在城市里生活的儿子，不仅自己回来种田，还把城市里的大人和小孩一起带来，几十个人高高兴兴干农活，大家一起插秧，一起割稻；今年国庆节，一家人一起，把刚刚收获的1000斤大米仔细地打包、装箱，然后快递到了全国各地的朋友手中。

在寄快递的时候，收件小哥也是怎么都不信。他问我父亲："你们家的田是不是含有特别的微量元素，要不然怎么会有人买你们的米？"

父亲笑笑说："是啊，我们种的可不是一般的大米！"

我知道，父亲心里自豪着呢。

其实，"父亲的水稻田"这个项目，不仅是我个人的一项村庄记录行动，更可以视作一个小小的村庄试验项目。从去年冬天开始到今年国庆节，这一季水稻从种到收，基本上以圆满完结。但是，它给我留下的思考还有很多。

我的村庄

2013年冬天,我在网上发起这个叫"父亲的水稻田"的众筹项目,就是想在家乡和父亲一起用最朴素的耕种办法种上一小片田。

为什么会冒出这个想法?

我的老家在浙江西部、钱塘江的源头衢州。有一个叫"溪口"的小村庄,是我长大的地方。那里四面青山,一溪碧水环绕。那里没有工厂,没有雾霾,只有田野、村庄、大树、炊烟。

小时候,我就在村小学读书。每天清晨,我们穿过稻田,过一条河,爬一道山岭,走三四里路去上学,河边的鹅还会怪叫着追咬我们。

初中毕业后,我到了离家600里的省城杭州读书。

我发现,我长大的过程,就是离村庄越来越远的过程。

从上小学到工作,我几乎用了20年时间,终于摆脱了农村下田干活的日子,终于在城市拥有了一份安稳的工作,也拥有了舒适的生活。但是很奇怪,我的心却时常回到老家,回到那个叫"溪口"的小村庄。

我的父亲

我的父亲高中毕业,他是一个农民,种了一辈子田。

不知道从什么时候开始,父亲头发慢慢变白了。

父亲一直在乡下生活。我曾想把父亲接到城市来,跟我们住在一起,但是父亲住了两三天就不习惯了。他住不惯高楼,也不喜欢城市里老死不相往来的平淡人情。他无事可做,整天发呆,他说这样下去人都要变傻了。

我知道,种了一辈子田的父亲,是离不开他的土地。

为此，三四年前我还跟父亲生过气，吵了一架。我对父亲说："等你年纪大了，还不是要跟我们住到一起？在乡下，天高地远，有个小毛病什么的，谁来照顾你？你早晚都得适应城市生活啊。"

其实，父亲有点文化，当过几十年农村电工，现在退休了，每月还有两千元的退休金。可是，他的身份终究还是农民，他一辈子都没有离开过土地。他看着自家的一亩三分地荒了，长草了，比谁都着急。

我跟父亲算过一笔账，一年忙到头，也就够自家吃的一点儿。我说："那点粮食，那点水稻，我花点钱就买来了，你愁什么啊？你儿子在大城市里，一年收入十几万，你还怕买不起米吗？"

父亲说："那不一样，不一样的。"

田园将芜

后来，我知道了，父亲说的"不一样"是什么。

最近20年，物价飞涨，大家的收入都涨，只有农民的收入没有涨。10年前我是一名机关干部，一年的收入只有三万元，现在的收入是以前的5倍。10年前，一个建筑工地上的小工，一天只有30元，现在200元都难招到工。

但是，大米的价格没有涨，农民的收入没有涨。

我回到老家去，发现老家的田地，大多数都撂荒了、长草了。村庄里的青壮年劳力，都进城市打工去了。

留守在村里的，只有老人和小孩。村庄成了空心村。

2014年年初，我回老家过年，除夕及大年初一我都没有闲着，开始做村庄调查——去寻访耕田佬。在我的记忆中，耕田佬穿着蓑衣、赶着牛、扛着犁，走在烟雨蒙蒙的田间小道上，那是最江南、最诗情的画面。

但是很遗憾，我去寻访的时候才知道，我们 1000 多人的村庄，只有两家人还在耕田。曾经耕田的老农，老的老了，去世的去世了，牛呢，卖了，杀了。再过两年——或者用不了两年，全村就再也没有耕牛了，也不会再有人耕田了。

水稻的时光

2013 年冬天，我在众筹网上发起"父亲的水稻田"这个项目。让我没想到的是，会有 630 多人点赞或支持。

那时候，"众筹"这种互联网新鲜事物刚刚兴起，还有很多人甚至都没有听说过它。简单说，众筹就是你想做一件什么事，把它说出来，看有多少人会被你打动，并且来支持你。如果支持你的人达到一定数量，那么，你就可以去做。

我在城市生活，我知道城里人其实很想吃到真正纯净的食物，但是这个愿望很难实现。同时，我也想借这件事，挽留、传播即将消逝的传统农耕文化。这个事情里面，蕴藏了一份对土地与农村的感情。

所以，我把"父亲的水稻田"的大米价格定为 30 元一斤。

当然，30 元除了一斤大米的回报，还有一些别的附加值——比如，通过网络分享稻田全程种植记录，一起见证从一粒种子到一捧大米的过程；分享水稻和农具的相关知识；还有一张父亲亲笔签名的"我们的水稻田"明信片。对于预订 10 斤以上大米的支持者，还可以带着孩子一起，来到水稻田感受插秧、收割（费用自理），预订 20 斤以上的支持者还能分享粮食烧酒。

"父亲的水稻田"项目上线两个月，限量 1000 斤的大米就被大家订完了。那些支持者来自全国各地，南到海南海口，北到东北三省，西到贵州遵义，东到东海之滨，而且绝大部分都是我根本不认识的。

种田，就这样开始了。"父亲的水稻田"面积不大，不到两亩。

早春时候，我带上我的女儿，和我父亲一起去田里用锄头翻地。我也跟在耕田佬后面，拍他怎么犁、耙、耖，采访记录写了十几页。

5月11日，父亲把稻谷种子浸湿、保温、催芽。到了第三天，谷种冒出了白色的乳芽，然后播种到秧田。一个月后，秧苗长齐了，就可以插秧了，我又在网上发了一个通知，让有兴趣的朋友带上孩子，一起来我们的稻田里体验插秧。

结果，6月14日那一天，从杭州、衢州、常山等地来了三四十位朋友。大家卷起裤腿，兴高采烈地下田。有的孩子从没下过水田，一站到田里就哭了起来。

在整个种植过程中，我要尽可能全面地用文字和图片记录每个环节，同时，还要把这些文图与大家分享。这个分享的过程本身，也是传播农耕文化的过程。

为此我还建立了一个微信公众号，每次记录的文图我都及时在这个公众号平台上给大家推送。

从耕田、备种、催芽、播种，到插秧、灌溉、除草，再到成熟、收割，只要有时间，我就会从杭州回到老家，在田间观察记录。正是这个过程的透明及与支持者的良好互动，使得稻田的状况随时都可以被大家看到。这也使得种植者与支持者之间实现了无缝对接。

有一次，老天连续大雨，把我们插秧不久的稻田全淹了。大家和我一样忧心忡忡，有的人就在微信上询问我会不会有影响，等到三四天后雨停，大水退去，看到水稻没有被淹死之后，大家才放下心来。

我的父亲，我的女儿

父亲用上了智能手机。

我教会了父亲使用相机、微信以及怎么用家里的 Wi-Fi 传图片、上网看新闻以及视频聊天。他的微信名字是"稻田大学校长"。

后来他每隔一两天就会把水稻的生长情况拍成照片传给我。稻谷发芽了，秧田被水淹了，水稻开花了，需要灌水了，他都会拍下照片告诉我。

开始种田之后，我回老家的次数大大增加。原先大概两个月才回一次老家，种上水稻以后，我几乎每半个月就要回家一次，有时一个多星期就回去一次，向父亲了解农事的要点，记录水稻的生长变化。

今年夏天，气候特别凉爽，很多城里人都觉得真不错。8月中旬的一天，我坐在车里打电话回家，却听到父亲叹气道："唉，还下雨。"

父亲说："久雨不停，稻禾又被淹了半截。这会儿正是大肚、抽穗的关键时节，天气如果不热起来，水稻的收成可就不好了。"

不种田，不知道父亲想什么。因为种了这一小片田，我跟父亲贴得更近了。

父亲告诉我，他小时候，每到农忙时节，村里的孩子都会出现在田地里，大人会手把手教孩子犁田、耙田、插秧、收割，因为在那时的父辈们看来，种田是一种吃饭的技能，自己的孩子以后也是要靠此为生的，所以一定要掌握得娴熟才行。

父亲曾经也有过跳出农门的想法，但是一辈子终究没有跳出去。

所以到我这一代，他就寄予希望，让我走出村子，扔掉锄头，因为种田太苦了！

到了我的女儿，下田已经是一种娱乐了，每次跟我回乡下老家，正上小学的女儿都特别开心，因为"感觉特别好玩"。因为稻田里的一切，都跟城市里的不一样，在她看来，都是那么新鲜，她喜欢寻找稻田里新奇的昆虫与野花。

城里人的乡村

7月下旬，中央电视台财经频道的记者专程来到我的家乡，对"父亲的水稻田"整整采访和拍摄了两天。这一片水稻面积不大，"待遇"却挺高，小山村第一次被中央媒体关注。节目后来在央视播出，我的父亲以及几位一起到田间干活的朋友，也在央视露了一个小脸，大家都很开心。

秋天到来，"父亲的水稻田"终于可以收割了。

10月2日，稻田里来了几十位朋友。大家一起扛出沉重的打稻机，一起用镰刀割稻。这些活儿，不要说孩子们，就是很多大人都没有体验过。

这样的收割活动，是水稻田两次小规模的体验活动之一。那么多来自城市的孩子有了与土地接触的机会，感受劳作的辛苦，也对粮食的种植过程有直接而深刻的感受。这两次活动，大人也好，小孩也好，反馈都很不错，觉得"实在太有意义了"。

稻谷收割后，我们用了三天时间晒干，然后送到古老的碾坊去碾磨。白白的大米捧在手中，每一粒都珍贵极了。

在长假的最后几天，我和家人一起，把大米细致地包装好，送到快递点，寄给全国各地的朋友们。

朋友们收到后，跟我说："是的，这就是小时候的米的味道！"

还有朋友说："孩子今天吃饭吃得特别用心，从来没这么认真地吃过饭，把每一粒饭都吃掉了。"

也有朋友说："今天我吃了一碗白饭，真香。"

我把这些朋友的话，都跟我父亲说了，父亲听了非常开心。

现在回过头来想一想，当初"不切实际"又带着"天真"的想法，加上许许多多天遥地远的朋友的精神鼓励与实际支持，使我把这件事情做了下来。当然，我很庆幸把这件事情做下来了。

选自《读者》（乡土人文版）2014年第12期

荒蛮小村的华丽转身

刘小雷

在网上看到了大水沟村的一些风景图片，一条人字形的山沟里，所有的屋宅一概是青瓦白墙，远远看去，这座小山村在苍翠欲滴的山色中，就像一枝花序繁多的樱桃花活泼俏丽，惹人怜爱。

看来大水沟村显然不属于那种原生态的传统古村落。这里有着曲折宁静的街巷，青石铺就的村道，遮天蔽日的古树，它给人的印象完全是簇新的，那种"新农村"意味的小山村。

早在三年前，康县就获得了"中国最美绿色生态旅游名县"的荣誉。干净整洁的水泥路通向白墙青瓦的人家，清澈的溪水在村外潺潺流过，远山重叠，层林尽染……有着这些元素的生态文明新农村在康县已经全面覆盖，大水沟村的出众之处又在哪儿呢？

大水沟村离县城也就十一二公里，这次我选择乘长途汽车前往，默默地整理行囊，又找到了背包客的那种快乐。燕子河的河堤之下看不到一点儿垃圾杂物，被修整成梯级的河道，隔一段就因落差形成跌水，像是挂着美丽的珠帘。这景致似乎有些眼熟。哦，大水沟村的河道不正是这样的梯级落差吗？

次日早晨8时，我从县城出发，租车出县城向南去往略阳方向。在离县城十一二公里处，车窗左侧出现了一个相当整洁敞亮的村庄——何家庄，也是白墙青瓦，和网络上见到的大水沟村的美比起来毫不逊色。司机师傅说，从何家庄的口子进去，有个三四公里就是大水沟村了。"中国最美村镇"的标志牌也在路旁暗示，我们即将步入画境之中。

人工种植的金竹、马兰花不绝于途，护送着水泥乡村路向山沟深处延伸，很快，我们看到大水沟旅游村的门楼。两边的青山似乎也来了兴致，摆成了曲帐画屏，迎面而来的，是当地人俗称"观音殿"的岩壁。

大水沟村到了。

走在大水沟村，白墙青瓦红顶，色彩干净明快；溪流潺潺，溪里有水车，溪流之上有小石拱桥；房基是就地取材的石头，门前的矮墙用青瓦堆花，一步一景，令人目不暇接。河边的婀娜垂柳怯于春寒，刚刚抽出鹅黄嫩绿，农家院落之前，白色的樱桃花、金黄色的枣皮花却是花期正盛。

大水沟村的一位老人说起了大水沟村的前世今生。过去一进大水沟就好像进了人家的圈房，因为没有路，只能顺着河沟踩着石头走，碰到山洪暴涨，路就断了，虽然离县城很近，但出行特别不方便；以前村庄面貌脏乱差，蚊蝇滋生。低矮的房屋，破旧的穿着，尤其是人穷不讲究的习惯，让大水沟人与外界格格不入，显得荒蛮。

百分之百的山地，喀斯特地貌，没有一点儿平原，这是王坝乡大水沟村的自然写照。大水沟村的生态之变得益于美丽乡村建设。根据村庄地理位置、自然禀赋、文化特色、民风民俗等特点，政府对河道实施水景建设，两公里河堤、一座水车、二十四座景观桥、1200米的上山步道，经过巧妙布置、细心搭配，就变得充满诗情画意。

现在的生活环境这样美，有时静静地坐在河堤边的石凳上，感觉好像在做梦一样。这不就是"诗意地栖居在大地之上"吗？

甘肃康县的乡村经历了数十年的贫穷，"5·12"汶川特大地震、"7·17"

和"8·12"暴洪灾害后，历经三万多户农村居民告别土木房，一万多间房屋刷新亮化。

人们愿意用这样的形式宣告：幸福安康的生活就在身边。康县的决策者们没有把眼光局限于本土或本省，视野所及的是四川、浙江、广东等新农村建设的高端区。

这样的改变其实已经悄然发生。眼看清明和"五一"小长假就要接踵而至，河边两栋新修的乡村客栈、农家乐正在加紧施工，它们的外墙采用了明黄色的木板墙装饰，相当精美。

随意踏进十里香烧酒坊采访，好客的女老板张小英递来一杯绿茶，又端来酒碟，十二个小酒杯倒了个满满当当。她笑着说："来咱们村里的人都是贵客，买不买都不要紧，但要尝尝俺家的原生态山野果子酒。"

我问她，碟子里都是些什么酒？她说："红的是桑葚、淡黄的是樱桃、金黄的是瓢儿、乌黑的是补肾养气药酒……"

言谈中，一拨外地游客跨进了张小英的店门，他们几位品尝过张小英手中端着的美酒后，连声称赞说，口感不错，是"陇上生态茅台"！随后，他们各自买了一两斤便欢喜地离开了。

张小英说，大水沟美丽乡村在没开工建设之前，她和村里的许多妇女一样，都在外地打工。那时家里穷，儿子到了成家的年龄，娶个媳妇都难。为了帮家里摆脱困境，她曾在东北等地的工地干过，进过厂，也在县城卖过饮食，劳累受苦不说，收入都不怎么好。大水沟美丽乡村建成后，由于张小英家祖上传有酿酒手艺，镇上的驻村干部多次动员她家办酒坊。

前年冬天，张小英家在县上扶贫政策的支持下，贷了5万元的扶贫款，办起了烧酒坊。

2016 年春天，张小英家生产了 6000 多斤烧酒，当年就卖出去 4000 多斤，每斤平均 20 元左右，粗略一算，纯收入就有 20000 多元，怎么也比往年出门打工强。

我看到张小英身后围着两个胖嘟嘟的小娃，问她，是你的孙子吗？她喜气地说："是！老大比老二只大一岁。"

看到张小英一脸的幸福，我问她，对自家烧酒的生产和销售还有什么新的打算。她说，守着家乡的好山水也能创业致富，自己不想再出远门务工了，只想遵守诚信，保证质量，努力把土烧酒做成大水沟的生态特色农产品。能带动村里的几家贫困邻居脱贫致富，这是她最大的愿望。

和张小英谈话时，我仿佛读懂了她内心深处的东西：如果幸福是美酒的话，自己酿造的才分外动人。

走出十里香烧酒坊，到一家农家乐小坐片刻。这家雅致的农家小院，十几分钟内就来了 5 桌客人，显然生意不错。养足气力，我沿着湿滑的山路，攀登到了大水沟村的最佳观景处——观音阁。站在观音阁的外廊向村庄眺望，我发现，在文化广场，有两位村民穿着橘红色的演出服，手里拿着马鞭模样的物件正在比画，他们要做什么呢？

村支书满面春风地说，今天有远方的客人来，就特意向客人们展示一下大水沟村人祖辈传下来的"棒棒鞭"，它现在已经成为省级非遗项目。大水沟村受秦巴文化和氐羌文化的影响，更是传统民俗文化的聚集地，之前，传统艺术缺乏保护和传承，其中一些艺术表演形式面临失传的危机。保护和传承民俗文化成了当地政府的责任，并促使他们行动起来。

看似马鞭一样的器物，还有一个霸气十足的名字"霸王鞭"。相传它是由古代永康（今康县）的一个氐羌武将使用的武器演化而来，音乐以康县民间小调为主，以分节歌的形式出现，优美抒情，独具风情，唱词很丰富，大多以说唱历史典故为主。由三四人执小镲、碟子、三弦等乐器伴奏并演唱，几人或几十甚至上百人共同表演，配合以独特的手法、身法及队形，很具观赏性。人们在各种祭祀、集会、喜庆场合使用，表达欢乐、喜庆之情，祈求风调雨顺、国泰民安，并逐渐形成了风格独特的表演套路。此后，一些民间艺人及货郎携"霸王鞭"走南闯北，四处表演，用以招徕客人，使得"霸王鞭"流传很广。大水沟村"霸王鞭"的唱词很多，音乐唱腔为口口相传的民间山歌。小调非常柔和，流传到今天的"霸王鞭"曲非常动听。

锣鼓响起来，鼓点敲起来，我们等着一场好戏上演……

选自甘肃科学技术出版社《陇上百村纪事》

故乡车站：追寻故乡的味道

依江宁

30多岁的"北漂"青年温东龙，每年春节都会带上妈妈做的霉豆腐回城。实际上，逢年过节带着家乡的特产和食品回到城市，是城市里的候鸟族再普遍不过的现象。

温东龙却在这种现象中找到灵感，为什么不能收集这些东西拿到网上去卖呢？在食品安全事故频发的今天，那些深埋在偏僻地方、不为人所知的传统工艺做成的食品，越来越受到都市人的青睐。

经过一年多的准备和筹划，"故乡车站"上线了。

温东龙说："食物除了饱人口腹之外，更深一层的是，它懂得人的乡愁。在乡愁深处，食物带着熟悉的甘甜或辛辣，抚平远乡人因时光荏苒而生起的褶皱。"

"故乡车站"上线一年多，年销售额就达到了100多万元。

一块霉豆腐让他想家

有一年春节，温东龙和妻子到丈母娘家去过年，发现家家户户都做腊猪腿，因为这是年夜饭的必备菜。温东龙吃了后，感觉味道特别香。

乡邻们告诉他，头年冬季买来的猪仔，每天只喂养自家地里生长的农作物，大多是青菜、苞谷、红苕、洋芋、苕藤和谷糠，有时候还有麦麸和剩饭剩菜。山里人从不给猪喂任何饲料，出栏也就要慢得多，但这样的猪肉更健康。

温东龙也目睹了腊肉的制作过程。

在谭家老屋前的院坝上，刚刚宰杀分割的新鲜猪肉，均匀地抹上一层厚厚的盐巴，然后放入盆中进行干腌。7天后，将腌制好的肉取出，悬挂于熏肉屋内的横梁上，底下是当地特有的柏树枝在火塘里燃烧。当熏肉变得黑乎乎并且干好后取出，悬挂于自家二楼屋檐下，任由山风吹拂，时间越久，味道越醇厚。

到除夕那天，一家人围着满满一火锅的腊猪腿炖洋芋，再冷的冬夜，也变得温暖富足，有滋有味。回北京时，当在码头看到很多人的行囊中都塞着几只腊猪腿时，温东龙就有了开网店的想法。

哪个异乡的游子心底没有这样的一两道美味呢？尤其是逢年过节团聚的时候。和人们内心柔软情感结合着的，无疑是儿时便植入的对食物的记忆。

在温东龙的心中，霉豆腐是天底下最好吃的东西，一小块能下一碗热饭。每次回江西老家过年，他总会带上两罐霉豆腐返京。

吃完，也就没了。一块霉豆腐让他想家，而家还是那么远。

他说："有成千上万的人像我一样，从乡下来到城里，他们心里的故乡是什么样呢？最想吃的东西是什么？他们也和我一样难以忘怀吗？或许，找到了那些地道的味道，就能回答我自己的问题吧。"

从那一刻起，30岁的温东龙下定了决心，创办一家销售故乡美味的网站，让异乡的游子能够吃到地地道道的家乡美食，名字就叫"故乡车站"。

不为人知的土货，藏匿于山乡

网站的筹备时间比较长，难的并不是技术，而是找到足够好的特产。他坚持要自己脚踏实地去发现特产，大多数的美味是在行走的旅途中发现的。

他说："我们选择东西的时候很谨慎，每一样食品都是亲自去看过，要了解它制作的全过程，拿回来之后还要一样一样地做质检。每一种产品从开始寻找到最后的售卖环节，我们都会去全程见证。"

这个极其缓慢而细致的过程，温东龙觉得有一种寻根的意味在里面。

2012年8月，"故乡车站"正式上线。它们是不为人知的土货，藏匿于洁净的山乡。

有一年中秋节前，温东龙经过武夷山的吴屯村，在稻田里忙着抓鱼的贵顺满头大汗。这是个21岁的开朗男生。他说："村里家家都在稻田里养鱼，而且稻田只能施农家肥，否则鲤鱼受不了。清明前后放下的鲤鱼苗，在海拔450米以上的高山冷水稻田中，吃着稻子扬花期间飘落的花粉和田间昆虫，慢慢长大。"

中秋前后，稻谷黄，鱼儿肥。村民们在稻田内侧开出浅渠，慢慢将鲤鱼引入渠内，然后用鱼篓捉起来。鲤鱼每条有二三两重，再放入清澈山泉池内，等待鱼儿自己滤净鳃中的泥土，时间长达半月。然后，才会开始慢火烘焙前的数十道秘制程序。

贵顺的爷爷舒华昌老人，已年过七十岁，身体硬朗，子女们在城里挣钱，他和老伴、孙子打理着20多亩稻田。老一辈传承的"稻花鲤鱼干"制作手艺，老人一转眼已做了50多年，一直是村里公认的做鱼干的高手。据老人家讲，祖辈上鲤鱼干大多用来进贡，只留下少部分自家享用。

温东龙曾经在贵顺家的土墙瓦房里住过几晚。主人殷勤好客，让他尝了地道的鲜剥田埂豆焖排骨、炭火慢焙芋子炖鲜鲤鱼。那种美味，真让他沉醉不愿归去。现在好了，"故乡车站"带着这些美味，犒劳在外打拼的游子。

还有不少特产是来自周围朋友的推荐。

一个曾经的同事在长白山当过兵，推荐那里的松塔，比巴掌还大，是不可多得的人间美味，但到处都买不到。温东龙决定马上出发，去找寻这种美味。

来到了素有"红松故乡"的露水河林区——这里有一片中国最大的红松母树林。树龄480余岁的"长白山红松王"就在这里，野猪和黑熊是这片林子的真正主人。为了保险起见，温东龙找到当地人刚子做向导。刚子说："采松塔非常危险，只有胆大的小伙子和有经验的老爷子才敢深入老林深处，每次开采当天，村里人都得虔诚祭拜之后，才敢进山。"

由于常年气候寒冷，松木生长缓慢，每个树梢仅能结三四个果实，所以，每次采摘都得爬很多棵树。好多松塔比成年人的手掌还要大，籽仁既重又实，被誉为"长生果""长寿果"。松塔采摘回来后，必须晾晒几周，这样才不易变质，便于储存。再经过大铁锅盐渍、炒制，口感和香气堪称完美的松仁就成了。

寻找更多的故乡味道

就这样，两年多的时间，"故乡车站"网站上线时，储备的故乡特产已经多达二三十种。在网店里，温东龙不像掌柜，更像是个导游，把寻觅过程忠实记录下来，让大家了解每一种味道的来龙去脉。

和普通淘宝网站不一样的是，温东龙还仔细标注了物品的出产地、提供人、材料采集方式、制作辅料、出品季节。温东龙的团队也会去辨别食物的安全属性是不是高，是不是易于长时间保存，比如贵州巴吉镇的古法红糖，当地是用甘蔗叶来包裹的，这样容易发霉，于是他改成装在玻璃罐里出售。

"故乡车站"现在每个月的销售额大约10万元，既有企业礼品定制，也有个人购买。

温东龙也很注重包装。起初，产品发送都用纸箱包装，但温东龙希望呈现故乡食物的宝贵和对食物更多的尊重。恰好，他读到《读库》里的一篇文章，介绍蓝印花布袋，转而找到了设计蓝印花布袋的盖老师。盖老师连夜为他做出了设计，确定画布的纹理，手工缝制打样。纱布采购自南通，又在山东嘉祥完成染色和印花。最后，在山西丁村一个院子里，由作坊女工手工剪裁缝制。

三个月的等待，一见如故的包裹，就像游子的行囊。为了给顾客带来更完整的体验，温东龙会注重很多细节，比如包装箱里面用来防震的东西不是破旧的报纸，而是从印刷厂买来的米白色切边纸，看上去更柔软舒适。

温东龙说："故乡的确还在那里，而我却回不去了。我能做的，不过是走走瞧瞧，停停尝尝，追寻那点点散落在旧时光里的记忆碎片。或许，一切都只是我心里最后的慰藉。故乡，只有离开了，你才会真正拥有。幸好，我们开始往回走。"

现在，他的大部分时间仍在路上，寻找更多故乡的美味，心态并不焦躁，慢慢走、慢慢瞧、慢慢问、慢慢找，找到多少，算多少。

选自《读者》（乡土人文版）2014年第1期

产业兴起来　农民富起来

董伦峰　赵儒学

今天的祥符，生动而精彩。

"木式的小屋，大方的落地窗，房前屋后有鲜花、鱼池、栅栏，民宿群展示出一派美好的田园风情,团建或者家庭游都非常适合。"9月12日，河南省"三散"治理工作现场会观摩团来到开封市祥符区西姜寨村，参会人员不住地对当地宜人的环境发出感慨。"农田成了风景，农村成了景区，生活在这里，一点儿也不比城市差！"这是来过西姜寨的游客们共同的感受。

如今，步入祥符区的乡间村落，平坦的水泥路向远处的村庄延伸，一座座农家居所在绿化苗木掩映下熠熠生辉，一片片农田沃野飘香，"开"遍全国各地的万亩菊园令人大饱眼福……

视野所及、行之所至，黄发垂髫、共话桑麻，怡然自得。曾经灰头土脸的小乡村，抖落了满身尘埃，呈现出一幅生产发展、环境优美、乡风淳朴的图景。

转型创新农业插上腾飞翅膀

祥符区是一个典型的农业大区,总人口82万,总面积1302平方公里。为实现全面建成小康社会目标,提高农民群众的获得感、幸福感,近年来，该区立足于农业，加大投入夯实农业生产条件，把发展工业的思维和理念"移植"到现代农业发展中，推动土地经营的规模化、集约化、高效化；按照"政府引导、产业带动、农民自愿、市场调节、依法规范、有序流转、规模经营"的总要求，全力做好土地流转这篇大文章。

该区刘店乡地处黄河滩区，当地农民过去常年在黄土地里刨口粮，种植结构单一，广种薄收，种地对农民来说，仅能维持温饱，想让土里"生金"，难。

咋能让老百姓过上好日子？眼瞅着开封市菊花产业做得风生水起，刘店乡党委、乡政府把目光瞄向了时下最火的万寿菊。黄河滩区地势平坦、土质疏松、水资源丰富，种植万寿菊有天然优势。开封捷怡农业科技有限公司（以下简称"捷怡公司"）正是看中了刘店乡的这些优势，双方一拍即合。

近年来，刘店乡流转 1.2 万亩土地打造万亩万寿菊扶贫基地项目，并以村为单位成立 14 个农民种植合作社，以"公司 + 合作社 + 农户"模式运营。捷怡公司负责提供种苗、回收菊花、进行技术指导；农民合作社负责土地租赁、菊花种植与采摘。项目区内的 4 个村共有贫困户 372 户，全部参与了此次土地流转，以土地入股，每亩地每年分红不低于 800 元。另外，贫困户通过利用金融扶贫贷款资金建设的育苗温室大棚入股，每户每年分红 3000 元。

不仅如此，到万亩万寿菊扶贫基地摘花还能挣钱。十里八村的村民空闲时间纷纷赶来摘菊花，一天能挣 100 元左右。万亩万寿菊扶贫基地需要 4000 人采摘作业 5 个月，每人每年可增加收入 5000 多元。

菊花摘下来，如何深加工？在祥符区黄龙产业集聚区捷怡公司的生产线上，新鲜的万寿菊正被制成叶黄素膏。该公司负责人说："万寿菊花蕾中含有的天然叶黄素有'植物软黄金'的美誉。每吨叶黄素膏在国际市场的价格约为 14 万元，我们生产的叶黄素膏出口到墨西哥、澳大利亚等国家，效益十分可观。"

除了叶黄素膏，万寿菊还可以被制成菊花茶、叶黄素饮料等。围绕万寿菊深加工，刘店乡积极延伸产业链，带动农民增收致富。

万寿菊花期长，不仅经济价值高，还有极大的观赏价值。祥符区借助沿黄生态带建设机遇，将万寿菊种植规模扩大到 10 万亩，打造成集休闲、采摘、餐饮于一体的生态旅游业。

让故乡的聚宝盆早生"金"。作为 20 世纪末每年有近 20 万人外出务工的劳务输出大区，祥符区抓住早期外出的农民工年龄增大、有一定经济积累的特点，采取主要负责人带队，深入农民工输入地摸清情况，宣传家乡优惠政策，帮助解决在回乡创业过程中遇到的困难和问题，千方百计吸引他们返乡领办、创办项目，积极引导有实力的农民工回乡创业。

半坡店乡石碑湾村陈书峰，2001 年大学毕业后，去了国内一家饲料公司郑州分公司做技术服务，一做就是 8 年，从技术员做到了技术总监，从起初的每月 800 多元工资到年薪 20 多万元。

2016 年在家乡政府的感召下，他回老家成立了木易牧业公司。从最初的 260 头奶牛、日产鲜奶 4 吨，到如今的奶牛存栏 1086 头、日产鲜奶 18 吨、肉牛存栏 800 余头。

2017 年 10 月，经乡党委、乡政府充分协调，木易牧业公司利用国家到户增收资金，与全乡 414 户贫困户签订奶牛代养协议：利用每户 5000 元的到户增收资金给贫困户分红，每季度分红一次，每户每年分红不低于 1000 元。

"这个协议意义重大。"该乡党委书记王兆峰表示，"一年半时间，木易牧业公司已经为协议贫困户分红 100 万元"。

陈书峰的家乡扶贫计划更是远大，截至 2020 年，员工规模超过 230 人，让更多的贫困户在公司就业。

养牛 3 年的陈书峰把产业链越拉越长：2017 年，公司开了 15 家鲜奶吧直营店，遍布开封市区；利用牛粪作有机肥，又建了 29 座温室大棚，种植各种蔬菜和种苗，每个大棚年收益达 5 万元。2018 年，建成了一座四星级休闲农业庄园，有大棚、民宿，可采摘、能垂钓……

截至 2018 年，祥符区农村土地流转面积 29.39 万亩，其中合作社以贫困户土地托管模式已发展托管土地 4000 余亩，合作社给贫困户土地托管费均在每亩 800 元以上，切实保障了贫困户稳定增收。

绿色发展推动农业提质增效

近年来，祥符区坚持以质量兴农，突出优质、安全、绿色导向，突出农业绿色化、优质化、特色化、品牌化、集约化生产模式，大力发展无公害、绿色和有机农产品，使一批精品农业蓬勃兴起。目前，已建成优质小麦、汴梁西瓜、花生、胡萝卜、黄河水稻、蔬菜、食用菌生产基地，一批农副产品还注册了商标；通过资金协调、"科技联姻"，为农民提供产、供、销一条龙服务，大力发展农民经济合作组织，用经纪人的信息反馈向农民传播新知识、新技术，推广适销对路的农产品。

陈留镇四妮特菜基地被开封市确定为无公害设施蔬菜科技扶贫示范基地，在第二届"中国创翼"青年创新创业大赛中获得银翼奖。

"一茬大棚快菜 25 天即可成熟，行情好时，通过网络平台销售到省内外超市，收入很可观。"四妮特菜种植合作社负责人刘前进说。

四妮特菜基地是开封市科技扶贫示范基地，快菜种植项目被列入河南省"四优四化"科技支撑行动计划。该基地种植的鸭儿芹（三叶香）、黑番茄、冰草、意大利茴香球、宝塔菜花等，都是特种蔬菜新品种。周边群众看到四妮特菜基地种植的"稀罕菜"卖上了好价钱，纷纷前来取经。如今，四妮特菜种植合作社为祥符区八里湾镇、兴隆乡，通许县竖岗镇等种植户提供蔬菜种子和技术指导，直接带动种植户200户，增加从业人员100余人，实现10户贫困户脱贫。

万隆乡田庄村群众采取"统一供种、统一施有机肥、统一物理治虫"模式种植的5000多亩花生，经多方认证为有机花生，被引资企业富兰格生物工程（开封）有限公司定为原材料生产基地。年产100万公斤的有机花生，可加工花生油25万公斤，产品销往欧盟和阿联酋、新加坡等国家，农民年增收150万元以上。

目前，祥符区正在扶持富兰格公司以"祥符红"新品为主，延伸开发花生系列高附加值产品，着力将"开封县花生"打造培育成知名品牌和知名跨境电商品牌。

发展现代农业，离不开品牌支撑。祥符区对照国际标准、国家标准和行业标准，先后建立健全了农产品质量检测体系，各类新型农业经营主体严格按照标准组织生产，在提升农产品品质上下功夫，争创优质农产品品牌。

如今，陈留镇"四妮"特菜、袁坊乡"薯你好"红薯、范村乡"嘴啦啦"花生、万隆乡"薯香门第"紫薯等已是全省知名品牌，"开封县花生"获国家农产品地理标志登记保护。

祥符区把壮大农村经纪人队伍作为撬动农村经济"金杆杆"来抓。通过培训、召开座谈会等措施，提高了全区6000多名专业经纪人的高"经纪"质量。仇楼镇经纪人马明亮筹资200万元建成库容量3000吨的冷库，瞄准国内市场做蔬菜购销生意。他和200多户农民签了订单，收购大蒜、胡萝卜和菜花，把这些蔬菜反季节销售，不仅在长沙、株洲、武汉等城市的超市中俏销，而且通过客商出口到欧洲和东南亚的一些国家。

以群众增收增效为核心，祥符区坚持以"互联网+"为平台，以绿色特色农副产品为依托，确立了"政府扶持、搭建平台，市场主导、整合资源，突出特色、典型引路，社会参与、循序渐进"的"电商+产业"发展思路，于2016年9月建成电子商务产业园，先后改扩建了阿里巴巴集团农村淘宝祥符区服务中心办公楼、智能化仓配中心、O2O线上线下一体化体验中心、云书网中转库、公司办公用房等设施，融电商企业、网商孵化、政务服务、物流、培训、中介服务等各种功能为一体，各项功能日趋完善，成为开封市电商园区的示范项目。

"之前一直发愁红薯种出来没销路，没想到大热天不用去大市场，红薯就能卖到全国各地，还能卖个好价钱。"范村乡杨楼村建档立卡贫困户陈好学提起"网上卖红薯"喜笑颜开。半个月前，陈好学种的沙地红薯喜获丰收，6000多斤红薯在地头被电商公司直接装车结算，经过分拣、包装后快递给外地买家。按照河南省田誉利电子商务有限公司和陈好学签订的红薯收购协议，陈好学网销红薯每斤要比市场价高出3分钱。目前，该公司已网销范村乡红薯200多万斤，对贫困户种的红薯均以略高出市场价进行收购。

高质量的农产品也得到国外客户的青睐。据统计，祥符区有300多种农副产品及加工产品出口近100个国家和地区。

产业升级促进三产深度融合

祥符区立足三级产业深度融合，突出改造升级第一产业，培育壮大第二产业，创新拉动第三产业，做好产业链相加，推动各产业向其他产业延伸融合。

打造"高端化工产业链"。以晋开公司为依托，延伸产业链条，大力推进洛阳科创石化甲醇转换催化剂、郑州高复肥脲甲醛等项目建设步伐，建设精细化工基地，打造年产值超百亿的高端化工产业集群。加大新型煤化工产品的研发力度，推动传统煤化工产业向高端化工迈进。

培育"农副产品精深加工产业链"。充分利用50万亩的花生保护面积，加大"开封县花生"国家农产品地理标志保护开发力度，重点打造花生的全产业链。依托龙大公司，拉长花生产业链条，扩大一见钟情花生饮品、富兰格生物工程等项目的生产规模，打通花生电商销售渠道，形成一条集花生种植、加工、销售于一体的全产业链。依托花生产业链，加快天津恒众、郑州康晖、郑州源之品等食品加工项目建设，推进华闽二期完全建成投产，打造在全省具有竞争力的食品加工产业集群，推动一二三产深度融合发展。

发展"现代物流产业链"。依托突出的交通区位优势和河南省自贸区开封片区成为河南省电子口岸入网联审试点的机遇，加快推进粤泰冷链物流项目，建成冷藏配送、冷库仓储等齐全的冷链物流企业，着力打造现代物流集群。

走进西姜寨田园综合体，里面热闹非凡，参观者络绎不绝。

祥符区田园综合体发展迅猛，罗王乡胡砦村流转土地3000多亩，种植白皮松，既增加农民收入，又保护了环境；陈留镇韩洼村，流转土地2000多亩，大力发展红提葡萄种植等，吸引大量外地游客前来观光、采摘，体验农民丰收的快乐。

祥符区区长王彦涛说，站在新起点，祥符区将按照"产业兴旺、生态宜居、乡风文明、治理有效、生活富裕"的总要求,突出抓好农业新型经营主体提升,抓好骨干龙头企业培育,打造农业产业化联合体,增强与农民的利益联结,努力实现农业强、农村美、农民富的小康梦。

选自《河南日报》(农村版)2019年9月23日

回乡种地的大学生

卢小伟

清明过后,长沙迎来了几个晴天。在长沙县黄兴镇黄兴新村,黄稳正盼着这样的好天气,他的十几亩无花果正处在生长季,需要阳光。

黄稳是一名"85后"青年,回村种地曾遭到父母的强烈反对,但他给乡村带来一股新风。在一场农业论坛上,黄稳的身份被定义为"新农人"——一群有着新观念、新思维的农业从业者,以回乡创业的大学生为主。

"山村里飞出来的金凤凰",每当说起"读书改变命运"时,人们都会用这句话来形容从农村走出来的大学生。但随着就业形势、就业观念的转变,越来越多的农村大学生跳出农门后又回乡创业,从事着在父辈们看来没有希望的农活。

4月3日,离清明节放假还有两天,黄稳却没"休假"的概念,他关心的是天气和自己的30多亩地,那里种着无花果和火龙果。

"无花果生性不喜水,最怕雨天。"3日上午,黄稳站在地头,看着挖好的排水渠,祈祷清明前后能有个好天气。他身后,一行行无花果的秧苗已吐出嫩芽,随风晃动。"清明前后,种瓜点豆。"黄稳依然记得并践行着这句农谚。

2015年,黄稳将从湖南农业大学继续教育学院农业管理专业毕业,到那时，他已经是种了 4 年地的农民。

"什么？你要当农民？！"黄稳当初的决定遭到父母的坚决反对。"刚从农村走出去，怎么能又回到农村？"他们说什么也不答应儿子的想法。"反正要搞你自己去搞，我不出钱也不出力，我们都不想种田了，你还想去搞！"黄稳的父母种着 4 亩时令蔬菜，经常起早贪黑，觉得种地的人"连一身干净衣服都没有"。

但黄稳知道自己是经过深思熟虑的。"种地之前我就经常思考一些关于现代农业的问题，比如如何做成一条产业链，如何做好农产品深加工等。"那时的他虽然还没毕业，但种地的想法一直萦绕在心头，不时让他蠢蠢欲动。

2012 年前后，黄稳最终"力排众议"，借钱借物，要"种出不一样的地来，让父辈瞧瞧"。

就在黄稳扛起锄头的时候，邵阳人罗海玉还在安徽芜湖的一家葡萄加工公司从事技术和销售工作。那时她已是当地一名路桥工程师的妻子和一个孩子的母亲，工作稳定，生活正朝着预定的方向发展。但一年多之后，罗海玉成了黄稳的"同行"。在离黄兴镇不远的榔梨镇金坨村，她租了几间农房和 20 多亩地，种上无花果和猕猴桃。农业公司的工作让这个"80 后"女孩喜欢上了种地，在安徽、上海找了一圈地后，她回到湖南，落脚榔梨镇金坨村。

逆着农门子弟纷纷"逃离故乡"的大潮，两位大学生不约而同地选择了重新回到田间地头。

锄头毕竟不是钢笔。黄稳要面对父亲"不出钱不出力"的困难，罗海玉则要学习开沟、三轮车驾驶等本该是男人们掌握的活计。但两人首先要解决的最大问题还是栽培技术——无花果和火龙果应该怎么种？

众所周知，火龙果为热带植物，生长适温为20℃~30℃，冬季不宜低于8℃，平均温度低于10℃时则会停止生长。为了规避风险，种地之初，黄稳把自家的三分蔬菜地开辟成"试验田"。他架起塑料大棚，观察引进的品种能否熬过长沙阴冷漫长的冬季。结果一场又一场冷雨过后，三十几株火龙果秧苗全部冻死了。

"做农业得做好多事，而且要亲力亲为。"这是黄稳后来总结的种地心得。但当时看着被冻死的秧苗，他还是感觉"压力山大"。不过种地是自己选择的，这时候退出岂不正中了父母的预言？

第二年，黄稳又引进了400多株秧苗。他吸取上次的教训，把塑料大棚骨架之间的间距改小，"这样大棚上就不容易积水、积雪，雨雪对棚内温度的影响就会减少"。为了掌握秧苗的长势，黄稳一有空就钻进大棚，穿着冬衣，在气温20℃左右的棚子里忙活得满头大汗。

2013年夏天，"试验田"终于有了成果。看着第一批火龙果呱呱坠地，黄稳"就像迎接自己的孩子出生一样"兴奋。

三分试验田的日子终于挺过来了，黄稳邀请顾客来园子里采摘，生意好时一斤果子能卖到20多元。但黄稳的父亲还是不为所动，站在一边继续观望。

黄稳倒是没有纠结于父亲的固执态度，反而信心更足了。试验田的火龙果结果后，这位雄心勃勃的伢子就着手准备他的第二步计划——扩大种植规模。

一番考察之后，榔梨镇花园村靠近黄兴大道的一块荒地被黄稳相中了。这块地30多亩，分属花园村七八户人家，此前种过水稻。"与其这样荒着，不如合理利用起来。它靠近公路，运输方便，挺适合开发种植的。"除了地势较低、排水不太通畅之外，黄稳对这块地还算满意。

2013年7月，黄稳以每亩地1000元的年租金将这30多亩地承包下来，承包期为10年。他把"试验田"的栽种经验移植过来，从山东、台湾等地引进火龙果、无花果等品种，又从花园村雇来几个农民在田里打工，正式开始了他的追梦之旅。

几个月之后，罗海玉的地也租好了，就在黄兴大道对面的金坨村。20多亩地，承包期25年。

用罗海玉的话来说，这是一项"高风险、高投入"的事业。除了要面对租金、技术和可能出现的歉收风险外，长沙县"南工北农"的发展布局，也是一大不利因素。黄稳介绍说，黄兴镇、榔梨镇位置靠南，以发展工业为主，不像北边乡镇，农业种植已成规模。

但在黄稳这位有想法的年轻人看来，发展精品农业、体验式农业可以规避"南工北农"的不利现实。他期望自己精心耕作的30多亩地，可以让城里人来订制、采摘果子，体验田园生活。罗海玉选择金坨村，也是看中了它周边的好风景，"果树种好后，我想增加一些娱乐项目，带动村里的旅游业"。

选自《读者》（乡土人文版）2014年第9期

荒漠奇迹黄花滩

文 霞

8月的古浪黄花滩，炎炎烈日下，大风吹起的风沙掀起一阵阵的热浪。在延绵数十公里的荒漠滩上，矗立着一排排整齐的院落、羊舍和蔬菜大棚，数万名从深山区"下山入川"移民搬迁的村民，来到黄花滩移民区建温棚、搞养殖、种蔬菜。在全国优秀共产党员、农民书记胡中山带领下，黄花滩人在戈壁滩上创造了令人惊叹的奇迹。

故土难离，对很多人来说，搬离世代生活的故乡，是一件很困难的事。最早来到黄花滩的人，生活在古浪县井泉乡夹山岭村，那里是靠天吃饭的贫困山区，十年九旱，吃的是窖水，连生存都很困难，更别说致富奔小康了。村民用一句俗语形容夹山岭："山像和尚头，有沟无水流。滴水贵如油，春播秋无收。"

1996年，胡中山带领着100多户贫困群众艰难地走出了大山，来到了黄花滩。那时黄花滩还是一片荒漠，没有水、没有电，更没有肥沃的耕地。村民们之所以选择这里，是因为黄花滩交通方便，地势平坦，发展潜力很大。

刚开始，第一代拓荒人在荒漠里住的是地窝子，水也要从很远的地方去拉。村民们先前都有养羊的传统，就开始尝试搞起了养殖，经过两三年努力，搬下来的村民生活条件开始改善，古浪县政府就成立了黄花滩乡。看到了希望的山区群众，也纷纷开始搬迁到这里。经过10多年的努力，全村720多户群众改造住房和基础设施，村容村貌也有了极大改善，绝大部分群众住进了宽敞明亮的小康新居。

如今的黄花滩，遍地都是蔬菜大棚和养殖棚。从山上搬下来时，村民经济基础差、底子薄，大多数农户生活困难，对增收致富没有信心，更没有思路和打算。2007年，古浪县开始实施石羊河流域重点治理工程，政府大力扶持设施农牧业，这对缺少耕地的荒漠地区是难得的致富机遇。胡中山拿出全部积蓄，带领大家创建了黄花滩众兴种羊场。在干中学、学中干的过程中，实现了当年建成、当年受益，而且还掌握了饲养技术，积累了管理经验。种羊场的400多只种羊，也成了全村群众发展规模养羊的基础。

在积累经验的基础上，胡中山提出了黄花滩村户户建温棚、家家搞种养的想法，"以点带面、户户发展、人畜分离"。刚开始，群众对建棚有顾虑，缺资金、怕吃苦。胡中山挨家挨户做思想动员工作，没资金的，就拿自己的钱借给他们，建棚的砖和材料，在胡书记这里打个条子就可以去拉。不懂技术的，胡中山请技术员现场给他们指导。就这样，大家逐渐接受了新观念，开始发展暖棚种养业。经过三年的发展，黄花滩的暖棚种养从无到有，规模从小到大，收入大幅度提高，群众的积极性也一下子高涨了，全村建成84个养殖棚和173座蔬菜日光温室，人均纯收入比建棚前翻了两番。

2013年9月，古浪县委为贯彻甘肃省委"1236"扶贫攻坚行动和市委"下山入川"生态移民工程，在移民区搭建"党组织+合作社+农户"构架，大力推广"设施农牧业+特色林果业"主体生产模式。为了把周边农民专业合作社紧紧"拧"在一起，成立了集农畜产品产销于一体的联合型产业合作社。胡中山被大家推选为产业合作社的理事长兼党委书记。

目前，产业合作社涵盖种植、养殖等不同领域的 8 个分社、32 个农民专业合作社，带动移民群众发展养殖暖棚 7300 多座，发展日光温室 370 多座，栽植特色林果 3400 亩。移民群众来自主体生产模式的收入占到总收入的 62% 以上。

产业合作社为移民群众在发展资金上、技术指导上、产品销路上都有承诺。谁家缺资金，合作社出面担保贷款；谁家的羊该打疫苗了，合作社进行技术指导；谁家的西红柿该出棚了，合作社帮助联系销路……近三年来，合作社为移民群众协调各类惠农贷款近 1 亿元。

"合作社发展到今天的规模，最紧迫的问题是产业链的延伸，只有产业链延伸问题解决了，才能进一步提高农民的收入。"胡中山说。为进一步延伸农畜产品产业链条，村上协调筹建了古浪森茂牛羊交易市场，培养了 50 多名能力和素质都过硬的农村经纪人队伍，拉动移民群众发展产业。贫困农户进场实行畜产品免费交易，路途较远的贫困户还给予交通补助，使贫困农户直接受益。交易市场开放以来，先后有宁夏、新疆等地 80 多家客商入场交易，产品销往新疆、宁夏、内蒙古、青海、四川等省区及深圳等地，日均交易牛羊 1500 多头（只），年交易额达到 5 亿元，有效带动了全县设施养殖发展和精准扶贫的纵深推进。

2018 年，中天羊业集团在黄花滩投资建设起存栏 10 万只的育肥羊基地和总占地面积 18000 平方米的中天羊业河西走廊羊文化产业园，通过探索"农旅结合"产业发展新模式，进一步提升肉羊产业水平。

"认准的事，再难也要干到底。产业合作社将继续帮助群众在产业发展方面扩规增效上下功夫，筹建电商平台，延伸产业链，打造本土品牌，真正让移民群众的'钱袋子'鼓起来,尽快让所有移民群众过上小康生活。"胡中山对黄花滩的未来充满信心。

选自甘肃科学技术出版社《陇上百村纪事》

山里有座榨油坊

周华诚

正月初五见到黑孩，他从溪涧里回来，手上捧着刚洗过的菜。"哎呀，你们先坐会儿。"他腼腆地笑，说要先去打个下手。

进了厨房，他开始切菜。毛笋是早上刚从竹林里挖的"泥里白"，白白胖胖；青菜是菜园里才掐的，水灵得很。厨房里的几个人也都在忙碌，姐姐和叔叔掌勺。黑孩的妻子糖糖忙着整理房间，把上海客人退房后的毛巾被抱进洗涤间。此刻，正午的炊烟从有200多年历史的老房子里升腾起来，厨灶间飘出的香味四处飘溢，惹得客人们直呼"好香"。

房子是典型的江南砖木结构的老宅子。大天井里花木葱茏。天空落雨，雨水让菖蒲叶、梅花瓣闪闪发亮。天井的两侧，一边是茶室，一边是书房。书桌上散落一沓沓宣纸，纸上墨迹未干，字帖摊开在桌上——黑孩喜欢写写画画，一看便知颇有功底，他可是中国美术学院科班出身。然而在这个偏僻的小村子里，写写画画，是有些稀见的。

一

偏僻是真的。小村叫对坞，有500岁了，海拔也高，1000多米，的确是深山沟沟——我早上从常山县城开车过来，一个半小时，弯弯山路把头都绕晕了。

其实15年前我来过这村子。那时我与摄影师老鲍、实习生小蒋一起,来到对坞就仿佛一头扎进桃花源,这个云生水起的地方,保留着太多古老的东西——大批的明清古民居散落在溪涧旁,鸡犬之声相闻;传统的黄泥夯土墙房子,与一树一树白梨花相映;两条潺潺流淌的溪水之上架着60多座石拱桥,桥头是苔痕上阶绿,溪边是古樟枝叶茂,那些古樟树的树龄动辄就是几百年、上千年;此外还有一座"天灯",400年来夜夜点亮,为小山村里夜行的樵夫耕者照明。简直可以说,小村古风浩荡,保留了几百年来村民的生活图景。

我们在村子里四处游走,老人与小孩的脸上都是朴素天然的笑容。我们回去后,在报纸上一口气发了好些篇关于小村的报道,整版整版的图文,令报馆同事羡慕不已。他们开玩笑,说我们是老鼠掉进了米箩,把我们逗得大乐。

一晃经年。10年前,巍巍大山中动工兴建水库,这个小村的村民大多搬迁出去,住到离县城很近的地方。水库蓄水之后,进村的道路亦被淹没,进山改走一条更为蜿蜒曲折的道路,因此村外之人愈加少至。

黑孩很早就出去读书了,父母还在村子里生活。后来他带着女友回来结婚——黑孩是"80后",女友糖糖是湖南人,"90后"。那是糖糖第一次见到山中那座古老的榨油坊,黑孩的父亲余金龙就是一名老榨油工,从18岁开始操持这门技艺,至今已40多年。

榨油坊每年秋冬开榨,山上采摘下来的山茶果,在烈日下晒干爆裂,人工剥去厚蒲,炒工把茶籽炒熟,再放进碾子,轰隆隆的碾子把茶籽碾碎,榨工把它包成茶饼,再上木榨——巨大的木龙油榨散发着摄人心魄的力量:几百斤的石块吊在梁上,榨工用力荡之,荡出颇具力量的优美弧线,它在最高点悠然下落,经验老到的榨油工又调动千钧之力,推动这个石块去撞击撞针，撞针是用硬木制成的楔子——无论多么密匝的茶饼，依然可以挤出空间。我们常说，挤挤就会有的，撞针就是世上最擅长此道的物件——随着一次猛烈地撞击，榨油工从胸腔中迸发出悠长的、高亢的、清亮的、起伏的、穿云裂帛的、江南罕见的声音。随着这样一次次的撞击与一声声号子，楔子嵌进茶饼之间，清亮的茶油就从木榨之中汩汩地流淌下来，淌成一条细细的、长长的线。

结婚的第二天，黑孩带着妻子在村里到处逛，惊讶地发现工人在榨油坊里挥锤忙碌。"你们这是在做啥呢？"黑孩问。他们说："拆了。"

"啥，榨油坊要拆？"黑孩大惊。

"不拆留着做甚？榨工都老了，没有力气扛得动这活儿。年轻人都出去挣钱了。这木榨，外乡人早买去了，这碾子，这转盘，拆下来还能卖点儿钱。"

黑孩自小在榨油坊边长大，年复一年，父亲渐渐老去，榨油坊落满灰尘。与之相伴的村民，大多离开了村庄。这座榨油坊要拆了，黑孩觉得可惜。人家说："要想不拆它只有一个办法，你掏钱买下来。""多少？""五万五。"

黑孩看了看妻子，摸了摸口袋，默默走开。

一夜无眠。第二天一早，有人跟他说："你快去看一看，榨油坊的照壁已经拆完，人已经在顶上掀瓦了。"

黑孩急得去找村干部，又找乡干部，都说没办法。这是人家的东西，人家要拆，管不了。

父亲也劝他，算了算了，拆就拆了吧，留着也没有用处。

想了又想，不甘心。黑孩跟新婚妻子商量，一咬牙，把刚收的几万元礼金拿了出来。当然不够。又找朋友同学借了一点儿，终于把钱给凑齐了。

榨油坊是保住了，黑孩却被一村人笑话。那榨油坊拆了一半，透风漏雨不说，一面土墙眼看就要倒了，角角落落都是蛛网，蜘蛛精都能爬出来。"人家后生若是出息了，都去城里买大房子，你黑孩倒好，回山旮旯里来买一幢要倒掉的破屋。"村民说，"黑孩是念书念傻了吧。"

榨油坊留下了，黑孩却对着它发愁：买下来派啥用场，他也不知道。

二

村民们一户户搬走了，留下20来幢古老民居。青砖、黛瓦、高墙、木梁，有的还有大天井。可惜了，大多数已风雨飘摇，破败不堪。

可黑孩着了魔。人家看不上的东西，就他觉得是个宝。对坞村村民搬走异地安置了，可按照政策，住过的房子还得拆呀。黑孩念过美院，觉得这些老房子有历史价值，有文化价值；再说了，祖祖辈辈都住过，那是整个村庄的记忆。就这么一拆了之，简单是简单，多可惜呀。

黑孩又去找村里，找乡里，也没用。村里动手快的，已经把房子推倒了，拦也拦不住。黑孩跑到县里，找了县领导。县领导觉得这事不一定靠谱，那深山沟里，老房子还有用吗？就问黑孩："那按你的意思，留下来干什么？"

黑孩也不知道留下来干什么。他掏空腰包买下的榨油坊，不还搁着结蛛网呢。但他说："怎么着这也是一个古村落吧，是文化记忆吧，拆了可就没了，留着说不定能搞旅游。"

那就暂时不拆吧，看看黑孩能干嘛。县里打电话到乡里，乡里打电话到村里，村里赶紧让人停止拆房。而这时，20多幢老房子只留下了四五幢。最好的一栋房子有200多年历史了，本来卖给了外地老板，老板要把这房子拆了整个儿搬走,那岂不可惜。黑孩去找屋主交涉,让他别卖了。几番交涉下来,拆是不拆了,卖也不卖了,违约金你得付吧?15万元,最后也是黑孩掏的腰包。

黑孩和妻子,一个会设计,一个会拍照,本来玩玩琴棋书画,开开网店卖卖东西,小日子过得挺滋润,如今跟老房子较上了劲,倒变得茶饭不思。不仅茶饭不思,还把过日子的老本都掏空了。

琢磨了好几个晚上,他们一合计,要不去网上搞个众筹吧。

对,就做个民宿,让城里人也来乡下住住,感受感受这里的山,这里的水,这里的山涛与林风。还别说,这里的天那么蓝,这里的水那么甜,真是稀缺的东西。300年的古樟,400年的天灯,500年的村庄,万年的大山,你到哪里去找?

还有呢,黑孩的父亲除了榨油还会酿酒。要不,就跟着父亲学门手艺吧,酿酒、榨油,都行。

就开个民宿吧,朋友们来了,一起喝酒。

想法是好的。黑孩和糖糖两个人自己拍照片、拍视频,在溪涧的石拱桥上坐着,神仙眷侣的样子。他们把自己的梦想说出来,上传到网上,要在村里办一个民宿,就叫"村上酒舍"。没想到,他们的故事一下子火了,有熟悉的朋友看到,委婉地说一句:"祝你成功。"

不委婉的呢,就直接多了:"黑孩,你太理想主义了,你要看清现实。"

三

现实果然是残酷的。

黑孩说,如果只看到困难,他们早就走不下去了。他看到的,是困难后面的那一丝希望。

黑孩的眼睛闪闪发光。

他用了一年时间装修那座老房子，设计了9间客房、2个茶室和1个阳光餐厅，还有1个院子。幸好自己是学设计的，爬上爬下跟70岁的老木匠一起搞装修。没人知道这究竟有多艰难——装修的材料都是他蚂蚁搬家一样，一趟趟从山外运进来的。还有很多东西是网上淘来的。幸好有网购，可以买到很多当地买不到的东西。快递送到山脚下的邻村，他一趟趟找车去运——有一次，快递点堆满了黑孩买的东西：桌子、椅子、沙发、床垫，甚至还有浴缸和马桶。一年下来花了100多万元，除了众筹来的钱，自己又贴进去不少。

一年以后民宿开业，吸引了不少山外人来看新鲜，也有客人住进来了。他们从没想到，这样古老的房子，怎么会一下子变得这么有文艺气息，也没想到，在这大山深处的犄角旮旯，还有这样闲适的生活：可以烤火、煨红薯或者喝酒——喝的正是黑孩跟父亲学着酿的粮食酒；也可以看星星，趁着酒兴对月当歌；还可以挥毫泼墨。

于是，客人们来这里看山看水看风景，黑孩和糖糖连带一家人都忙得团团转。

然而尽管劳累，这样的景象却让黑孩感到高兴。这个古老的村庄似乎重新变得有了活力——什么时候这里来过这么多山外的客人呢？"村上酒舍"在网上有了名气，无论远近的朋友都来住。有一天来了一位客人，说黑孩这件事做得好，还说这是真正的"乡村振兴"。乡村振兴不能靠六七十岁的老人来完成，只能是年轻人——只有年轻人愿意回到自己的村庄，村庄才能迎来生机，充满活力；也只有这样，"古村"才会变成"新村"。

吃过午饭，黑孩带我们去榨油坊。那个榨油坊已经整修过，高大的屋顶下，木榨和碾子散发着岁月的光泽。

  2019年秋冬，每个星期，黑孩和他的父亲余金龙都在这里榨一次油。父亲的手艺依然那么精湛，他抚摸着木榨的时候就仿佛重回到二三十岁。包好的茶饼，用铁箍套好，一饼一饼整齐地排列在木榨里。父亲做好了准备工作，用力荡起那块巨大的撞石。一次又一次，撞石荡得越来越高，随后，高亢的、清亮的、悠长又起伏的榨油号子从父亲的胸腔里迸发出来，洞穿屋顶，那声音震得空气也嗡嗡作响；紧接着是砰的一声巨响，撞石击打在木制撞针上，撞针挤进木榨与茶饼之间，于是那清亮的山茶油从木榨里流淌出来，连成线，越淌越多。

  所有来自山外的人忍不住鼓起掌来，一片叫好声。接下来，父亲歇一歇，该黑孩上场了。

选自《读者》（原创版）2020年第2期

带领老乡致富　内心满满幸福

马丙宇　刘亚鑫　段静宇

清晨6时，秦太国就进了大棚，开始翻耕土地。

"甜瓜季节过去了，要种西红柿了。"秦太国说，翻翻地苗长得旺。

秦太国的大棚在河南新乡延津县石婆固镇南秦庄村。南秦庄村地处黄河故道，沙土地不太适合种植小麦等传统作物，种植瓜果蔬菜却有着先天优势。

在外务工返乡的秦太国从2013年开始摸索大棚种植技术，在村"两委"的支持下，成立了延津县国泰农业种植专业合作社，带动南秦庄村36户、附近村庄20多户贫困户户均增收1万多元。

近几年，延津县大力实施人才"回归工程"，助推精准扶贫，把鼓励、支持返乡创业作为助推脱贫攻坚的有力抓手和有效途径，带动贫困户实现在家门口就业。

从农村走出，又回到农村，不少像秦太国一样的致富能人因为脱贫攻坚这场"战役"，回到家乡，留在家乡，帮助乡亲们一同翻越贫困这座"山"。

"每天都要想一遍，怎样增收少风险"

"回来种地？他是在外面混不下去了吧？"2019年春节回家，雷利宾想在家乡发展农业的想法在魏邱乡李庄村传开了,大伙想信却不敢信。

"都在外安家了,回来真不是一句话的事,别说乡亲们不信,我自己也纠结。"雷利宾回忆说,"咋样说服妻子?怎样接受和孩子的分别?说是回来创业,跌个大跟头可咋办?"

一面是对未知的焦虑,一面却是翻涌的思乡情。"外面的天地广挣钱门路多,但村里不少人日子过得还很差,俺想试试拉他们一把。"再加上延津县创业优惠政策的感召,雷利宾下定决心回乡种辣椒。

"咱乡的土地多而平整,可以规模化种植。"

"我还去做了土壤化验,咱这土壤富含钾元素,特别适合。"

……

为了打消乡亲们的顾虑,也为了自己更有底气,雷利宾做了充足的功课。

"每天都要想一遍怎样增收少风险。"和不少群众签过土地托管协议后,除了往地里跑,雷利宾一直在思考,"想要收益稳,就不能只局限在种和卖。"雷利宾总共托管了378户农户的地,其中贫困户有63户。

于是,干辣椒段、辣椒面、工厂的"定制"辣椒供应……雷利宾跑工厂,找客户,一直不闲着,让自己和乡亲们的4000亩辣椒的销售渠道越来越多。

如今,辣椒深加工工厂已经投产,还争取到了扶贫基金。"辣椒酱就是我们之后要推出的新产品之一,产品名字就叫'雷胖子'!"雷利宾说。

"尽自己所能,让乡亲们多挣钱"

7月份"绿宝"甜瓜过了季节,但提起上个月卖瓜的场景,南秦庄村秦安生夫妇的话说不完。"跟着'能人'干,就是有钱赚,靠着种瓜脱了贫,今后的日子争取再上个台阶。"秦安生不住地夸着秦太国。

甜瓜供不应求,两个大棚净收入就有13万多元,秦安生的收入还是让记者吃了一惊。这甜瓜咋就这么挣钱?

"虽然都是'绿宝'品种的甜瓜,但我们的上市早,甜度高,个个都是精品。"秦太国介绍,市场上的"绿宝"价格在每公斤4元时,他们的瓜就卖到了14元。

为啥能把瓜种得这样好?秦太国请教了"高手"。前两年,合作社的瓜销售得并不景气。在延津县扶贫办组织的农业培训上,秦太国结识了省农科院的专家,还学习到了秸秆发酵种植技术。

"把经过菌种处理的玉米秸秆埋到大棚地里,秸秆发酵产生二氧化碳,棚里温度升高,二氧化碳浓度高,化肥农药用量就减少……"说起这些,秦太国头头是道。

光有专家的"助攻"是远远不够的,秦太国和妻子许敏照顾瓜,像照顾孩子一般认真。在许敏的微信朋友圈里,"晒瓜"的频次远高于"晒娃"。"既然决定了种瓜,就应该用全力把这件事干好。"许敏笑着说。

"电商平台不仅是卖瓜,对南秦庄的瓜也是一个很好的宣传。"秦太国毕业于西北大学的电子商务专业,通过电商卖瓜、卖蔬菜,这两年他一直在学习和研究,"只想尽自己所能,让群众多挣钱。"

"只要肯干,好日子不会躲着咱"

走进位于魏邱乡宋自村的新乡市秋景蓝花艺有限公司,玫瑰、郁金香、马蹄莲、牡丹、菊花"开"满生产车间。

"我负责做仿真花的叶片,现在干熟了觉得可简单。"姬中玲是宋自村的贫困户,家中老人需要照顾,3个孩子都在上学,经济来源只有种地收入，来到公司后这个家庭彻底改变了。现在已经成了熟练工的她，不耽误照顾家里，一个月还能拿两千多块钱。

除了姬中玲，还有压制模具的李建霞、行动不便把材料带回家做的王海萍……公司因人设岗，闲散劳动力被集中起来。

秋景蓝花艺有限公司的创始人宋崇立告诉记者，因为受够了在外漂泊，他和妻子早些年回到家乡创业，最艰难的时候一朵花也卖不出去，通过反复跑市场、调整产品样式，慢慢有了转机。

2016年，秋景蓝获得了扶贫资金支持，还用上了免三年房租的扶贫厂房，公司的规模得到了迅速扩大，现已有魏邱乡宋自村、齐村两个厂区，生产仿真花与绢花，产品直接对接经销商，十分畅销。

仿真花的生产主要以手工加工为主，工序多样，越畅销，需要的劳动力就越多。随着厂房的扩大，秋景蓝的用工量也不断增加，几乎都是农村妇女。

秋景蓝生产的是"假花"，扶的却是真贫。公司现有工人100余名，其中贫困职工就有34人。公司车间经过升级改造，生产效率再次提高。"只要肯干，好日子不会躲着咱。"宋崇立说，他现在正在开发更多新产品，准备带动更多家乡人脱贫致富。

选自《河南日报》（农村版）2020年7月17日

梦圆洮水

苏延清

陇中素有苦甲天下,十年九旱之说。世世代代靠天吃饭的农村,每逢旱季,则连续多日天蓝如洗,烈日炙烤着大地,干渴的土地如皲裂的肌肤,现出一道道纵横交错的裂口,地里的庄稼干渴枯死,耕犁后边扬起一浪接一浪的尘土。茶余饭后、田间地头,左邻右舍相见的第一个问候便是:"你家窖里的水还有没有了?"

常言道"山有多高水有多深",也许那说的是山水秀丽的江南风景吧,在黄土沟壑纵横的陇中却是"山高水远"。在我的记忆中,村里人洗脸都是先把一瓢水倒在小盆子里,然后把盆子斜靠着墙根,双手把水掬起来抹到脸上,一家大小排着洗。三五人洗过之后水就没了,最后的人只能用湿毛巾擦擦脸。如果洗完之后,盆子里还有水,那就积攒到大盆里,积攒上三五天,用它来洗衣服,洗完了衣服再沉淀,清的喂鸡、喂狗、喂猪,浊的浇在院子里的小菜园里。

每逢夏季,天蒙蒙亮,总有人赶着牲口、挑着水桶到三里、五里,甚或十里外沟底的泉上取水,沟里仅有的一两眼泉水细得像小孩在尿尿,来接水的桶子每天排十几米长的队,夜幕中时常有人挑着空水桶回家。

那些年,为了争夺数量十分有限的水,村子里憨厚的邻居们时常争争吵吵,甚至大打出手。缺水是导致家乡人生活苦难的"元凶巨恶"。这光景，总得活下去吧！逃离，搬迁，不现实。挖井，几百米还够不着沙土层。找水源，几里、十几里、几十里路，又多是苦咸水。追水之梦，始终萦绕在乡亲和陇中几百万人民的心头。

20世纪50年代末，那场轰轰烈烈的"引洮工程"在陇原儿女狂热的激情中启动了。父亲成了这项浩大工程千千万万建设大军中的一员。

1962年4月，"引洮工程"因自然环境、工程设计、施工条件等限制不得不停工，乡亲们的洮水之梦便也戛然而止。同村和父亲一起去的20多个乡亲，有4人永远长眠于洮河边上，他们的灵魂和尸骨永远与洮水相伴……

追水之梦，始终萦绕在乡亲和陇中几百万人民的心头。2003年，九甸峡水利有限责任公司成立，再次拉开了"引洮工程"的大幕。2006年，九甸峡水利枢纽及引洮供水一期工程开工。从此，历经了半个世纪的水之梦，再次扬帆起航。

2014年夏日，洮河引水渠道终于进了村子，乡亲们欢呼雀跃、奔走相告，许多人喜极而泣。但此时的父亲正躺在老家的土炕上，蜷缩着风雨中煎熬了多年的伤腿，已经无法站立。我把这一消息告诉了父亲，他长久地注视着我，一向木讷的脸上露出了一丝笑意。

2016年一个冬日的清晨，酣睡中的我被一阵急促的电话铃声惊醒。"洮河水……来了……"向来少话的大哥在电话那头难掩喜悦地说。腊月初二，是父亲去世两周年祭日。我用甘甜的洮河水，沏了一杯淡淡的清茶，跪献在了父亲的坟前……

洮水千里沃旱塬，陇中旧貌换新颜。

甘肃定西市安定区巉口镇龙滩村便是定西诸多受益于"引洮工程"的村镇中的典型代表。

一树树艳丽的桃花跃入眼帘,满山写满了春意,微风轻拂,一阵阵花香沁人心脾,令人陶醉。不远处传来了欢快悠扬的笛声,桃树下一位亭亭玉立的姑娘尽情地吹奏,美丽的身影、飞舞的蜂蝶、飘落的花瓣,构成了"世外桃源"中"天人合一"的唯美。眼前所见乃是近年来龙滩村紧抓新农村建设、开发乡村旅游、狠抓乡村文明建设的重要成果——龙滩村一年一度的桃花节。

在桃花掩映的不远处,有一个蒙古包。在蒙古包前,我们遇到了龙滩村村主任杨举。上前和杨主任打了招呼,他热情地领着我们走进蒙古包,一位蒙古族衣着的姑娘敬上了浓香四溢的盖碗茶;不大会儿工夫,桌子上摆满了各式各样可口的特色农家饭。聊天中,杨主任告诉我们,龙滩村自2000年实施退耕还林还草工程以来,经过18年不懈努力,目前已栽植山毛桃7000多亩,共计15.4万余株。2016年李大伟投资100万元创办了定西大源农牧农民专业合作社发展乡村旅游,合作社每年举办一次桃花节,开展餐饮、民俗休闲等活动,吸引周围乡邻前来参加,已成为龙滩村的一项特色活动。

离开了蒙古包,我们在杨主任的陪同下坐车直奔龙滩村张家湾新农村居民点。

坚实、干净、宽阔的水泥马路伸向每一个温暖的家,伸向每一个温暖的心灵;路旁崭新的路灯整齐地排列着,像一个个哨兵,守护着美丽的乡村。

杨主任告诉我们,龙滩村新农村建设开始于2014年,历经三年多时间,按照"集中规划、就近转移、妥善安置"的原则,将张湾社和老庄坪社旧民房就地重建的同时,对该村8个社(村民小组)分散居住、条件较差的200户农户进行搬迁,建成集住宅、养殖、休闲娱乐为一体,水、电、路、绿化完备，设计新颖、舒适的新农居。整个项目先后投入资金2985万元，其中财政配套1500万元，自筹1485万元。村里多方筹措资金，完成了供排水管网、电信网络、太阳能、路灯、文化广场、篮球场等配套基础设施建设；家家户户接通了自来水，安装了太阳能热水器，建成了水冲式厕所、养殖圈舍、沼气池等，创立了贫困山区通过实施易地扶贫搬迁拔"穷根"的脱贫模式。

我们走进龙滩村新建的综合服务中心，见到了刚从镇上开会回来的龙滩村党支部书记赵玉山和村文书陈国林。休息片刻后，赵支书和陈文书带领我们去走访定西喜耕田农民农机合作社。

定西喜耕田农民农机合作社是村主任杨举于2015年创办的农民农机合作组织。来到合作社院门前，一副"定西喜耕田农民农机合作社"的牌子跃入眼帘。走进院内，各类农具摆放得很整齐。赵支书告诉我们，喜耕田农民农机合作社共投入资金80万元，有大型农机13台、播种机1台、收割机1台、旋耕机13台、上土机1台。截至目前，实现200亩土地流转，已吸纳本村15户种植户和17户贫困户为合作社社员，每户年均实现增收1500元以上。

当我们问到农民农机合作社的发展方向时，杨主任略有沉思地告诉我们，有了洮河水，今后合作社的农机作业领域将由目前的耕、种、收向产前、产中、产后全程机械化延伸，由目前的粮食生产环节向蔬菜产业、养殖业、设施农业、农产品加工业拓展……

时间已是傍晚时分，不远处传来了欢快的音乐声。循着音乐传来的方向，我们来到了村里的文化广场。文化广场上，人头攒动，热闹非凡。伴随着《我和草原一起来唱歌》《毛主席的话儿记心上》等旋律，村民们翩翩起舞，一幅祥和快乐的景象。40多岁的杨勇在舞蹈队的最后面，但他跳得很娴熟，也很起劲。发现我们一行人站在他后面时，他跑过来紧紧握住我的手："表哥，你啥时候来的？""慕名看你的舞蹈，当观众来了。""茶余饭后强身健体，现在日子好了，重视身体锻炼，见笑了。"杨勇脸上露出了少有的腼腆。

多年不见的酒友杨勇非要邀我到他家"弄"两盅。我们走在通往杨勇家的宽阔水泥路上，看到人家的门前有的停着小轿车，有的停着农用车、微耕机等，两旁的路灯次第亮了起来。

来到杨勇家宽敞的院落，院子里摆放着几个休闲桌椅，上面撑着凉伞，客厅屋檐下整齐地摆放着几盆鲜花。走进宽大的客厅，50英寸彩电一下子吸引了我的眼球。此外，冰箱、电脑、饮水机、洗衣机等家电一应俱全。记忆中的小木凳换成了大沙发。

看着眼前的一切，我的思绪回到20年前。那些年，我时不时地去三姐家，姐夫和杨勇既是表兄弟，又是邻居。杨勇小我五六岁，我们经常谝话。印象中他家特别困难，兄弟姐妹多，仅有的两间土房，由于年久失修，细细的椽子在房顶土层的重压下，变得波浪起伏。秋后连续的阴雨，院子里到处泥泞不说，没有片瓦的房子到处漏水，用家里所有的盆盆罐罐盛水，整个屋子没有落脚之处。吃的少，喝的更愁，一家人吃水要到三里多地以外的沟垴去挑……

品尝着农家土鸡的美味，几两浓香的青稞酒下肚后，我们的话自然就多了起来。往日的一幕幕苦辣酸甜的镜头拉回到了眼前，杨勇动情地说："以前，人都没喝的水，哪敢养鸡养羊养牛呀，那不渴死啊！洮河水引进村子后，解决了咱的吃水问题；加上省里扶贫项目也有幸落户我们这里，建了圈舍，养鸡养羊养牛，目前我家养了200只羊、8头牛。现在日子也有奔头了……"闲聊中得知，眼前的这位乡村致富领头人，不但勤劳吃苦、头脑灵活，还十分重视子女的教育，儿子杨伟鑫正在浙江大学读书。

我们一直聊到很晚。

那天晚上，我彻底失眠了。我穿上衣服，穿过村子巷道，再次走过文化广场，登上了榆林山，俯视月光下静美的乡村。

圆月像一块碧玉，镶嵌在湛蓝的天幕上，月光像一片轻柔的白纱，将整个村子笼罩着，月光下的这片土地，激流涌动，孕育着新的希望……

今天，圆了洮水梦的乡亲们，正和着洮水流淌的优美旋律，在乡村振兴、共筑伟大复兴中国梦的大道上，描绘更加美丽的蓝图，谱写更加和谐的乐章！

选自甘肃科学技术出版社《陇上百村纪事》

希望工程2.0版：拯救乡村阅读

王晶晶

在"希望工程"开展的第23个年头，10岁的农村女孩彭梦霞收到的礼物不再是文具、书包，或者食品和衣服。刚刚结束的这个学期，她和她的同学们获得了30多本课外书。自从这些包着黄色牛皮纸的新书被送到学校图书馆，这个湖北省五峰土家族自治县的小学生就忙了起来。她是班里的图书管理员，每到下午课外活动时间，都要急匆匆地从图书馆把一摞书抱回教室。

面对同学们的争抢，个头矮小的她还会颇具威严地用一根竹节教鞭在讲台上使劲敲两下："排队！排队！"

这些包括《彼得·潘》《草房子》《城南旧事》等在内的两万多册图书，来自"希望工程"的"快乐阅读"项目。在此之前，这些身处山区的7000多名小学生，收到的援助大多是一对一的助学金、体育设施，或者是新校舍等物质资助。而这一次，他们得到了更为"内在"的帮助。

在中国青少年发展基金会秘书长涂猛看来，如今的"希望工程"，已经从关注农村儿童的教育起点公平转向过程公平，从物质资助转向精神层面的丰富和能力的提升。

"我们不仅要给农村孩子送去适合他们的优秀儿童读物，更要帮他们寻找真实可感的读书乐趣。"涂猛说。

教育资源没有跟上基础设施建设的脚步

彭梦霞喜欢读童话书,有时,她会把语文书的封皮套在课外书上,想用这样的办法"骗"过老师。不过,在过去的很长时间里,学校的图书馆只有成语故事和作文书,她读不进去。在家务农的父母倒是偶尔会去学校拐角的小书店里转转,可他们带回来的大多是一些辅导书。

如今,她终于能读到来自德国的科普读物《101个水的实验》。从书中看到"在肥皂泡中加糖吹泡泡不容易破"时,她趁父母不在家,从厨房里偷了点糖,自己也试了试。

至于试验的结果,这个女孩腼腆地一笑,然后小声说:"泡泡有点牢固。"

她的同学们也迷上了这些从没看过的课外读物。每到下午课外活动时间,彭梦霞都要早早地跑进图书馆,踮起脚尖,把大家点名要看的书从那些"比自己还高的书架"上抱到教室里。

和她同年级的女生陈莉华,更喜欢那些"看起来有点看不懂"的书。她喜欢童话世界里的彼得·潘,喜欢北京城南的小英子。她对大山外面那个遥远的世界充满了疑问:为什么彼得长了一对翅膀?为什么彼得的保姆是一只狗?为什么《城南旧事》里总有一个陌生女人站在门口?

在此之前,这些农村的孩子很少有机会读到这些。五峰土家族自治县常被称为集"老、少、山、边、穷"为一体。这里的25所小学,很多在交通不便的深山。尽管近些年依靠希望工程和社会各界的资助,崭新的校舍、干净的厨房和平坦的操场相继在乡村里建成,但教育资源并没有跟上基础设施建设的脚步。坐进新教室的孩子们,仍然有更多渴望的东西,比如课外书。

根据"青基会"的调查，对于山区小学生来说，城市里寻常的书籍也是一种异常珍贵的资源。因为缺少课外读物，有的孩子偷偷拿过同学课桌里的连环画。甚至，很多孩子都承认，自己的课外读物之一是家里电器的说明书。

为解决乡村小学遇到的这些困境，2012年4月，"青基会"面向中西部小学生开始推行"希望工程·快乐阅读"项目。项目通过捐赠人文、科普等类别的30多种儿童文学读物，帮助当地学校图书馆进行"软件升级"。而彭梦霞所在的五峰县，是项目的第一个试点县。

新书送达学校的那一天，西流溪小学五年级的方毅正在操场上打篮球。看到载着书的小货车开进学校，他立马放下篮球，帮忙搬起书来。如今，这个喜欢运动的小男孩常常捧着书，选择图书馆里一个安静的角落坐下。他说，那是他过得最快的时光。

这个农村孩子甚至在书里找到了自己的梦想。他想去埃及金字塔探险，试试他从书里看到的法老的"诅咒"到底灵不灵验。尽管在现实生活中，他唯一去过的城市是80公里外的宜昌。

捐方更愿为教学楼冠名，而不是几本书

在当地一位曾经的乡村小学校长看来，依靠外界捐赠的资金，农村的校舍大多越建越漂亮，可图书馆、教师培训等软件建设却跟不上：几万块钱建起的实验室，里面没有足够的设备；有人捐钱修塑胶跑道，但是篮球架得自己去筹钱；学校的教室足够多，却找不到愿意留下来的高质量的老师……

"捐助更多关注的是基础设施，教育公平只是落实在硬件上。"他说，"捐方显然更愿意为一座教学楼'冠名'，而不是几本书。"

在全部的捐赠内容中，图书几乎是最容易被忽略的一项。五峰县任和坪小学的图书馆里，大多还摆着十几年前应对"普及九年义务教育"检查而配备的书。这个藏书量达 8000 多册的图书室，最显眼的藏书是书架上整整一层的《中国共产党五峰简史》。至于最受孩子们欢迎的《小博士知识文库》丛书，则是 1999 年的旧版。因为年深日久，书脊都已经被磨破了。

曾在五峰县教育局工作的一位官员说："过去曾有一些机构要给山区的孩子们捐书，但那些书很多都是出版社的库存，不一定适合小学生。"有时，捐方甚至会在捐赠之外提各种各样的附加条件，比如"见见市领导"。

事实上，在实施"希望工程·快乐阅读"项目之前，"青基会"宣传活动部部长顾蒸蒸也曾被公益界的朋友泼冷水："捐书不像建一个图书馆，实实在在的，见效也快。"

不过，顾蒸蒸依然坚持，很多小学校长所呼吁的"给我们也捐点书"是如今乡村更为需要的帮助。因为一本书给孩子带来的收益，是"打一场篮球、吃一次饭所不能比的"。

阅读是乡村小学实现弯道超越的最好办法

两万多本课外书被送进学校之后，顾蒸蒸很快发现了另外一个问题。

一次，她到五峰县一所乡村小学调研。当她站上讲台，向小学生询问"读课外书对你们有什么帮助"时，坐在教室里的学生异口同声地回答："写作文——"

"读书就是为了写作文吗？"她问。教室里一片沉默。

中国青少年发展基金会在调研中发现，这些生活在农村、由爷爷奶奶"隔代照顾"的留守儿童，很难在学校外获得课外阅读指导。

在学校里，老师指导学生阅读的方式则是要求写读后感，或者摘抄好词好句。尽管他们早就注意到，"只要让孩子写读后感，他们就会反感阅读"。

为了让这些课外书真的用起来，而不是锁在图书馆的书柜里当摆设，顾蒸蒸觉得，首先需要上一堂阅读课的不是五峰县7000多名小学生，而是这里的小学老师。她请来的培训专家是"快乐阅读"项目组专家团队成员、新教育研究院研究员王林。王林的另一个身份则是人民教育出版社的小学语文编辑，曾参与语文教材的编写。

这场带点儿"摧毁"性效果的教育实验，也是援助内容的一部分。

两天的培训中，王林给这些语文老师熟练地算了一笔账：按照小学语文课程标准，小学生6年应完成不少于145万字的课外阅读量。如果把配下来的30本书读完，大概就有300万字，比课程标准规定的还翻了一番。

"不要和城市小学比塑胶跑道和多媒体教室，阅读是乡村小学实现弯道超越的最好办法。"他站在讲台上一挥手，鼓励这些老师。

为了活跃气氛，王林还让一位男老师走到讲台前，大胆地说出反对意见。对方也没有客气："这样的课很好，可是很难实现，因为考试里不会有这些内容。"

王林没有回应这位老师的抱怨，他只是希望这些老师回到自己的教室后，也不要排斥孩子们的不同答案。

"当我们喜欢在课堂上问学生：'同学们，你们喜欢这首诗吗？'我们觉得正确的回答一定是'喜欢'。这样的异口同声抹杀了孩子们的个性。"他说。

最后，他让在座的老师为《安徒生童话》设计一堂阅读课，他在投影仪上给出一个供参考的开放式问题："如果王子亲吻白雪公主时，王子打了一个喷嚏……"看到这里，坐在下面还有些拘谨的老师忍不住乐了。

如今，这堂特别的阅读课已经写进五峰县25所小学的课程表。每周，这些孩子有机会在一起，共同在正式的课堂上阅读一本课外书。五峰县实验小学的一位语文老师还向她的学生们宣布："以后再也不用写读后感、摘抄好词佳句了。"说完，坐在下面的58名学生欢呼起来。

这位山区老师事后感叹，原来农村学校滞后的不仅仅是教学硬件，还有教育理念。

当然，受到"升级版希望工程"影响最深的，还是彭梦霞和她的同学们。在阅读的世界里了解了大山以外的世界之后，他们的梦想也突然变大了。陈莉华已经开始琢磨，有机会去科技发达的美国看一看；而同样读六年级的小女孩游红艺则希望，自己能够像鲁滨逊那样，在更广阔的世界里开启更精彩的旅程。

选自《读者》（乡土人文版）2012年第10期

一个被互联网改变的村庄

孔祥武

从收废品到开网店，重塑村庄经济形态

江苏省睢宁县沙集镇东风村，村名是"文革"时取的，寓意"东风压倒西风"，不具资源优势，缺乏特色产业，"路北漏粉丝，路南磨粉面，沿河烧砖瓦，全村收破烂"，是曾经的写照。

"7年前卖掉废旧塑料回收加工设备而专职开网店，是我这半辈子做出的最明智的决定。"45岁的刘超说。

那是2008年，刘超在网上开了4个月的店，有更多的时间浏览信息，意识到国际金融危机真的要来了，加之网店利润率能达40%，便果断退出废旧塑料回收加工行业，成为村里第一个将设备出手的人。果然，此后塑料行情一蹶不振，网店开始在村里星罗棋布。

"网络早就有，开网店的没有，村里没人带头开，你个人再精明、再聪明，也不知道开、不敢开，需要有人把网上开店的窗户纸捅破。"刘超口中捅破"窗户纸"的，就是孙寒。

"80后"孙寒是东风村的"带头大哥"，当过群众演员的他，名片也与村里其他网商的不同：材质磨砂透明，印有微信公众号。

在南京林业大学旅游管理专业读了两年之后，孙寒选择了退学，之

后在南京当过保安，在上海卖过黄酒，最后应聘到睢宁县移动公司做客服经理。

2006年3月离职，回到东风村的孙寒，花2000多元买了一台组装电脑。他把手头积攒的30张面值100元的充值卡，以每张95元的价格挂在淘宝网上，没想到一个晚上就卖光了。此后孙寒又代理过小家电、创意家居，生意不温不火，好的时候一个月能有三四千元，差的时候也就千把块，他准备打"退堂鼓"。

但2007年的一次上海之行，改变了一个人、一个村庄的命运。在上海逛街时，孙寒看到一些别致的简易拼装木质家具：能不能把这些家具放到网上卖呢？他买了几件样品回村，然后请木匠改进设计、加工生产、上网销售，第一个月就销售了10多万元，有的产品利润率甚至超过50%。

彼时村里既无家具厂，也没快递点。起初街坊邻居还窃窃私语："孙家那小子整天在网上跟人嘀嘀咕咕的，不是在干传销吧？"但看着镇上来的快递员天天上门取货，村民们渐渐明白其中一定有钱可赚。

住在孙寒家对面的王跃，初二辍学，开过蛋糕店，学过厨师，当时正从事废旧塑料回收加工，有一次他到孙寒家串门，顺便向其请教了开网店的方法。王跃说："当时就是好奇，试试看，没想到几天就赚了1000多元，比回收塑料强多了，最大的感觉就俩字：神奇。"

网销、拿货、配送、收款，网店经营流程简单；锯板、封边、钻孔，简易家具生产也不复杂。一时间，整个东风村热闹起来，网店如雨后春笋。经济实力强的农户，则"前店后厂"，在院子里办起家具加工厂。

自从8年前村里开起第一家网店，东风村迅猛逆袭，形成了一个完整的产业链条，一跃成为睢宁县名噪一时的"明星村"：1180户，超过六成触网，经营 2000 多个网店，交易额突破 10 亿元。

"电子商务给东风村带来的最大改变是什么？是我们农民掌握了定价权，和买家直接对接，卖多少自己说了算。"东风村会计王万军自问自答，"小农户对接大市场，不再是虚梦，而是活生生的现实。"

从"拿来主义"到"专利风波"，重建乡村商业伦理

一夜之间，东风村几十家网商，发现网店瘫痪，商品被下架。原来是被投诉专利侵权，举报者是徐松，时间是 2012 年 2 月。

徐松这么干，是受过刺激的。

2011 年 9 月，东风村销量最好的一款电视柜遭人投诉，被淘宝下架。这款电视柜，当时东风村一天能销售 40 多万件，仅徐松的店铺，一天就能卖 1 万多件。

"因为有个苏州公司抢先申请了这款电视柜的专利，然后投诉其他店铺侵权。我与这家公司沟通，人家说得很直接：我卖你就不能卖。"徐松意识到东风村可能面临着产品专利危机，也嗅出了其中的商机。

在东风村的网商中，36 岁的徐松被称为"最像老板的老板"，他 11 岁离开东风村，随父母到外地做生意，卖服装、办酒厂、开酒店、养土鸡。

他回东风村办的第一个公司业务是专门代理网商注册淘宝商城。当时入驻商城一般需要 3~6 个月，徐松提出"15 天入驻淘宝商城不是梦"，注册了 80 多个公司，每个成本是 3 万多元，徐松收取 4 万元，全部转让给村民，通过赚取差价，掘得了一桶金。

专利能否成为下一桶金？"如果专利授权给村民使用，每家每年收取一万元使用费，一年就有几百万元轻松入账。"当时徐松准备把东风村正在卖的近千款家具，由上海一家公司代理，分三批申请专利，花了 30

多万元，通过了 200 多件。

正当徐松打着"如意算盘"的时候，他的楼下已经聚集了几百人，他们说："不撤诉，就砸你的店，赶你出东风村！"路被人群堵住，物流的车也过不去，派出所、交警都派人维持秩序。

就这样僵持了半个月，徐松说："公司的玻璃被砸，还受到了人身安全的威胁，我看这事闹得有点大，感到前所未有的孤立无援。"后来政府找徐松谈，给他一点补助，把专利捐出来，大家共享。事后也没什么补助，结果就是不了了之。

这两年，徐松专注于办厂，每年办一个，每个厂只做一种品牌，他说："没有大品牌，东风村就要走下坡路。"

"专利风波"虽已过去，但给东风村敲响了警钟。

村里的淘宝店主文道兵说："对网络创业个体而言，网店最珍惜买家的'好评'，最怕买家的'差评'。一旦有了'差评'，都会想方设法解决掉，这倒逼着农民增强服务意识、规矩意识、诚信意识、契约意识。"

王万军的儿子王静认为，"虚拟社区"并不虚，网上交易同样很实，现代市场经济的意识逐步渗入乡村，这必将对熟人社会的交往规则产生深远影响。

从进城务工到返乡创业，重现村庄生机活力

东风村的早晨从中午开始。

"亲是哪儿的？""亲觉得多少钱合适？"……晚上 8 点见到王静时，他正在家中二楼的工作室，紧盯电脑与买家聊天。

其实，王静晚上的工作刚刚开始。他的网店只聘用了一名客服，上午 9 点上班，下午 6 点 30 分下班。客服走后，王静吃过晚饭，就要接过

来，一直看到晚上12点。

以往，东风村常年有1500多人在外务工，王静曾是其中一员，在北京、广东都干过，打的最后一份工是在南京一家电动工具生产厂做操作工，他说："我每天上下班要骑车一个半小时，工作12个小时，工资才2300元。"

2009年10月，王静的小店开张，等了一个月，也没卖出一件东西。他说："我至今清楚地记得，第一件'宝贝'是被广东韶关人买走的，还给了个好评，那次兴奋得半夜都没睡着，后来订单越来越多。"

不仅外出的务工人员返乡了，一些大学生也回到村里网络创业。董来平毕业于新疆一所大学，2009年在家创了一次业——养七彩山鸡，家人始终不理解："花那么多钱供你上大学，怎么能养鸡？"

受不了世俗的眼光，董来平应聘到山东一家上市公司工作，月薪6000多元。看着村里热火朝天的场景，他还是于2012年4月辞职回村，开网店卖家具。每天早晨7点起床，到自家的家具厂和3名工人一起干活，工人下午5点下班，自己再加班干到9点，回到家里，接替老婆看网店，直到晚上11点30分才关机睡觉。他说："虽然累了点，但比在公司上班有劲，挣钱也多得多，应该早点创业。"

王万军当了十几年兽医，在建筑工地打过工，拉过废塑料，但没挣到钱，现在是"父托子福"。王万军说："这几年，儿子的网店成交额都在100万元以上，重要的是儿子回家了，不用在外面'漂'了。以前村里没什么人气，只有到过年才能全家团圆。现在天天团圆，过节与平时也没什么两样，村里的留守儿童问题基本上迎刃而解。以前是我们去城里打工，现在是城里人来给咱打工，我们村的不少钱被外面的人挣走了。"

外地的大学生也到东风村"淘金"。"90后"大学生吴潇崇是陕西宝鸡人，半年前从北京一家影视公司辞职来到东风村，开了一家名为"V度电商服务"的公司。"村里的网商主动来找我们的不多，思想还是保守，宁肯每天花500元去淘宝做推广，也不愿找我们第三方做运营。"吴潇崇有些苦恼。

短短几年，东风村从无到有，建起250多家家具厂，聚集了42家物流企业，周边其他村上千人到这里打工。

由东风村扩散、带动周边几个村模仿和跟进，网上的家具生意也都起来了。在前不久举办的"第二届中国淘宝村高峰论坛"上，沙集镇被评为"淘宝镇"，2014年交易额达到26亿元。

在见证东风村电商崛起历程的沙集镇党委书记邱良超看来，互联网经济的深度介入，加速了东风村和沙集镇的城镇化进程。

"网商发展带动了物流业，东风村老街不够宽，我们就修了6米多宽的柏油路；网速太慢，我们又进行了网络升级改造；网商开店没地方，我们兴建了产业园。农民转变了观念，在家创业致富，而现在的各项资源也都在向东风村和沙集镇聚集。"邱良超说，"村和镇目前已经连成一片，已经不是过去的小村庄了，俨然一个小城镇。"

　　　　从熟人社会到"虚拟社区"，重构村民人际心态

是商人就有机密，有交易就有秘密。

到2008年年底，东风村近100户村民开了网店，砸价砸得血淋淋的。孙寒把所有开网店的村民召集到一起，商定以后不许恶性竞争，谁想多卖，可以自己搞一些促销，但不要再教其他人开网店，每教一个就是培养一个竞争对手。

孙寒说："协议刚签时，大家还偷偷摸摸地教，后来就光明正大了，

一点用都没有,一个月后,开网店的村民就突破了100户。"他还说,"自己的兄弟姐妹没有收入,怎么可能不教?不只别人,我也破了规矩,教了两个妹妹。"

面对亲情与生意,东风村的人有些进退失据。王万军给开网店的儿子打气:"卖得好的款,就是你妹妹家卖也不行。"

在村里办了6个家具加工厂的徐松说:"我有一款彩色烤漆儿童双人床,已申请外观设计专利,网上销售得非常好。我的外甥也开店,想使用这一专利,我没同意。给他使,我就得挨饿。没给他使,他就不理我了。"

低门槛就容易被模仿。

2012年,王跃投诉外村的8家网店抄袭自己的"宝贝",没敢投诉本村的,淘宝倒是给下架了,但"结果是这几家合伙,到我的网店把货给拍光了。那时候淘宝网允许不付款就减库存,让人哭笑不得。"王跃说。

很多网商为了省钱省事,直接拿别人网店的图片使用。沙集镇电子商务协会成立后,孙寒组织了一个团队,举报盗用自家图片的网店,持续一个月,投诉了上千家,引起村里一些人不快,结果又是不了了之。

竞争日趋激烈,没有特色的商品,很难得到买家的青睐,倒逼着网商拍摄体现自己特色的图片。2014年,东风村一下子冒出来10家专业摄影店。孙寒熟悉图片处理软件,往年大都是自己拍摄,这一年他找了专业摄影店,花费2万多元。

刚过去的这一年,孙寒作别相伴8年的淘宝,并且减少为别人代工,悉心打造自己的品牌,成为京东自营家具商品的供货商,一条新的生产线即将投产。

对网络创业群体而言,各地的淘宝村普遍面临着产品同质化、低端化、恶性砸价、忽视专利权等问题。对此,一些地方建立了行业协会,但在熟人社会，收效甚微。

王万军兼任着沙集镇电子商务协会副会长，他说："协会很难发挥作用，成立几年来，没有找到抓手，缺乏运营资金，以前还可以收取50元的会费，现在会费也收不上来，人家不交，你一点办法都没有。有些新开的网店，为了赚信誉、赚好评，赔钱也卖，协会更没招，恶性竞争是网商的坟墓。"

"村里的人际关系，似乎没有以前那么融洽，好像以前没那么多心眼儿。"孙寒说，"以前开网店的年轻人经常一起玩，现在没那么多时间，每个人都有压力，都很忙。"

为了陪着网购族夜晚购物，电子商务改变了东风村民的作息规律，也影响着他们的生活方式。他们不仅在网上卖东西，也在网上买东西。

"不能只顾着赚钱，还要讲点生活品质。"孙寒把家安在了离村15公里的宿迁市区，更多的东风村人开始在睢宁县城买房子，为自己，也为孩子上学。

王静指着工作室里的金鱼缸、墙上贴的艺术字"天道酬勤"，说："这都是网上买的，买东西都买到两颗钻了，前些天从网上买螃蟹，收到时还在张牙舞爪。"

2014年的平安夜，文道兵送给老婆一份圣诞礼物———一辆宝马轿车，他说："我们东风村农民都过圣诞节了，东风村也越来越像豪车展览馆。"

选自《读者》（乡土人文版）2015年第4期

遥远的关隘

麻守仕

作为汉代边防线上的关隘，阳关已经远去，既是遗留的烽燧，也是破败不堪的代名词，难以再现昔日的喧嚣与繁华。而作为人们心中的期盼与憧憬，阳关却如一罐老酒，愈发醇厚，愈发浓香，一提起这个名字，就能让人沉思、沉醉。

"一川碎石大如斗，随风满地石乱走。"曾经串起东西方文明的阳关大道，也在岁月的沧桑中悄然匿迹。"劝君更尽一杯酒，西出阳关无故人。"阳关成了瀚海中的孤岛，成了背井离乡的代名词。不知是何年何月，凛冽的西北风似乎变得温和了许多，关隘的残垣断壁上空不时掠过凝重的氤氲，阳关境内逐渐有了存水。水是一切生命之源，于是就不断有移民来到阳关繁衍生息。

直到20世纪六七十年代，阳关村人去敦煌县城，还只能依靠毛驴车，而且要在沙漠中优哉游哉一天的光景。遇上恶劣的天气，还得去党河北岸的鄂博店住宿。阳关村人就成了敦煌县当时公认的"乡里人"，漫天的黄沙，不胜其扰的风沙，还有偏远和闭塞，让他们尝尽了生活的酸甜苦辣。

20世纪80年代中期，由敦煌县政府牵头，阳关村人和其他村民一道风餐露宿，日夜奋战，终于修通了阳关通往县城的公路。随着第一辆客车缓缓驶进阳关，"瀚海孤岛"的旧貌终于被阳关人甩进了历史的长河里。随着阳关人的进进出出，外面的新鲜事儿也不断被带回到阳关。沐浴在改革开放的东风里，阳关人面对眼前漫漫的黄沙，不再仰天长叹，而是描绘出一幅幅宏伟的蓝图。

经过十余年的艰苦创业，阳关村人在古老的关口，用勤劳和汗水开掘出甘肃省最大的葡萄沟。憨厚纯朴的农民找到了自己的致富路，率先在敦煌市实现了小康。阳关村的农民乐了，他们的眼光也远了，年轻人买来了农用小货车、家用小汽车、货运大卡车……不但方便了自己，也方便了别人。

2000年开始，阳关村人率先响应敦煌市委、市政府"旅游兴市"的号召，依托古阳关厚重的文化资源，渥洼池、野麻湾、新工坝、山水沟、西土沟等自然资源及以葡萄长廊观光资源，积极发展旅游业。同时借助阳关民营博物馆，使阳关的旅游业逐渐升温。阳关人借着这股东风，统一规划，纷纷将自家的葡萄园改建成集餐饮、度假、休闲为一体的特色风情农家园，以宽容、开放的姿态，迎接着来自五湖四海的朋友。于是，阳关村人沿着"旅游+特色农业"的新型致富路，大踏步率先走上了小康之路。

富裕起来的阳关村人，纷纷在阳关脚下修建小康宅院，将小日子过得比葡萄还甜。更让人欣慰的是，富裕起来的阳关村人，没有忘记对教育的投入。在当地政府的支持下，他们为中小学、幼儿园修建了宽敞明亮的教学楼，面向全市招聘优秀教师，并接通了光纤、宽带，使孩子们既有了安静舒适的学习环境，又能像城里学生一样享受到现代化的教育。

2009年，甘肃敦煌阳关国家级自然保护区经国务院批准成立，阳关境内的生态环境、文化保护便有了着落，建设环境优美、生态文明、生活富裕的新阳关指日可待。新时代以来，阳关人和着"美丽乡村建设"

的号角，依托国家政策机遇，坚持"保护优先、发展在后"的原则，秉承"绿水青山就是金山银山"的理念，以城乡规划为基础，以风景名胜区、文物保护区、饮用水源地、生态环境保护为底线，兼顾经济社会发展和环境容量管控，着力推进农家客栈、特色街区、休闲观光现代农业示范园区建设，最终实现了阳关"一张图"。同时，为加强精神文明建设，当地政府还创办了《阳关人家》季刊，以"农家书屋"为依托，不断提高阳关人的科学素养和文明素质。

七十年来，东风吹拂玉门关。七十年来，西出阳关故人多。七十年来，沧海桑田多变迁。如今，阳关以其良好的生态环境、优美的生活环境成为敦煌市的后花园，她理直气壮地站在了敦煌市"田园乡镇"建设试点单位的龙头。阳关人再次昂首阔步地踏上了"以人为本、优化布局、生态文明、文化传承"的新型城镇化建设之路，把自己的家园打造成了以文化旅游服务为核心，葡萄产业和休闲旅游业为支撑的"美丽田园"小镇。阳关镇因此先后被国家部委评为"全国特色景观旅游名镇"、全国"一村一品"示范镇、全国"魅力新农村十佳乡村"，位于古阳关脚下的龙勒村被评为"全国休闲农业与乡村旅游示范点""全国生态文化村"和"甘肃省生态村"。

今天，对人们来说，阳关不再陌生。阳关已经是一个文化符号，一种精神象征。向西，一望无际的戈壁沙漠，铺陈着永恒的荒芜，偶尔飘逸的芦苇，散发着一丝丝生命的迹象；向东，绿洲如带，葡萄如蜜，柏油路平展如纸，小康民居在绿海深处廊檐飞翘；阡陌纵横间，湖泊荡漾，流水潺潺，鱼跃鸭游，好一处不是江南而胜似江南的大漠景致！

随着乡村振兴战略的纵深推进，敦煌市政府又提出了"农业强、农村美、农民福"的奋斗目标。新的机遇又摆在阳关村人的面前。古老的关隘将再次涌起深化改革的浪潮，阳关村人将为实现"宜居、宜业、宜游"的阳关梦而奋斗不息！

选自甘肃科学技术出版社《陇上百村纪事》

湾潭河畔甜蜜蜜

曹怡然　封　德　王玉贵

春光明媚，山花烂漫。近日，记者走进河南省西峡县二郎坪镇湾潭村东河组黄天灵家，大红喜字和对联分外醒目：增收脱贫不忘工作队，喜结良缘过上新生活。

今年57岁的黄天灵，早年离异无子女，身患糖尿病，生活过得很拮据，在镇村扶贫干部的帮扶下摆脱了贫困。这不，黄天灵刚摘掉贫困帽子，又与邻村刘玉枝喜结良缘，可谓福喜临门。"老黄今年是喜上加喜，从山上搬到山下的新家，'枯树逢春'结了婚，养的20箱中华蜂也喜获丰收，这日子过得比蜜都甜。"该村第一书记岳建信的一席话，逗得大伙哈哈大笑。"都是托工作队的福，俺家的光景才好起来！"黄天灵更是笑得合不拢嘴。

湾潭村位于伏牛山腹地湾潭河畔，是2014年的省定贫困村，7个组187户689人散居在方圆20.9平方公里的沟壑之中，在全县59个贫困村中综合考评是倒数。2017年4月，西峡县市场监管局扶贫工作队进驻该村，目前全村贫困发生率由7.4%下降到0.87%，45名像黄天灵一样的贫困人口实现了脱贫。"当时，群众守着金山没饭吃。三年来，我们结合当地实际，持续推进香菇、山茱萸、蜜蜂、旅游等主导产业，湾潭村进入全县先进村行列，走出一条生态产业强村富民的道路。"岳建信介绍。

产业富民　村里建起蜜蜂园

湾潭村地处深山区,林木植被覆盖率达93%以上,各类花草植物繁多,生态良好,群众历来就有养殖蜜蜂的传统。

养蜂是一项投资少、绿色环保、易管理的绿色富民产业。岳建信和工作队员进行多次考察和论证后,提交全村党员和群众代表讨论,大家举双手赞同。建蜂蜜园,资金从哪里来?岳建信和村支书程保安商议后,每人出资3万元,他又与市场监管局领导协调,争取了2万元的资金,又获得了爱心企业龙成集团的2万元帮扶款,于当年10月建起了湾潭村蜂蜜养殖园,购回了200箱土蜜蜂,采取双向托管(群众散养蜂箱可进基地,基地蜂箱给农户管理)的灵活管理模式。黄天灵利用扶贫产业到户增收项目资金养殖了20箱蜂托管到蜂蜜园,仅此一项一年就增收4000元,加上他空闲时间到邻村石材厂的务工收入,最终顺利脱贫。

"2019年全村的200箱蜂除了全部收回成本外,7户贫困户户均增收500元。"岳建信算了一笔账。

规范种植　药材基地挂上"GAP"

湾潭村属于深山村,全村种植山茱萸面积1700亩,素有"天然药库"之称,由于种植观念陈旧,产量和质量都不高。2017年5月,岳建信了解到这一情况后,就立即与仲景宛西制药东坪药材基地负责人取得联系,把湾潭村的1700亩山茱萸纳入宛西制药"公司+基地+农户"的管理范围,挂上了"GAP"基地的牌子,邀请技术员到村里讲解管理技术,引导药农科学除草、施肥,适时采摘、晾晒,有效提高了山茱萸的产量和品质,2019年仅山茱萸一项全村人均增收900元。

沟南组的贫困户李长顺夫妻二人就是种植山茱萸的受益者。他家2016年被认定为贫困户，2018年年底脱贫，夫妻俩按照技术员的要求种植山茱萸，年均增收1万元。"有了扶贫工作队的帮扶，种山茱萸收入稳定，日子会越来越好！"谈起生活的变化，李长顺为工作队竖起了大拇指。

自2018年年初起，工作队把注册登记服务从湾潭村延伸辐射到了全镇的12个村，建立了5个香菇种植合作社、11个村建立了养蜂专业合作社。"成立了合作社，经营有了自主权，群众享受到更多的惠农政策，致富奔小康的劲头更足了。"湾潭村党支部书记程保安说。

选自《河南日报》（农村版）2020年3月31日

浙江德清：有个庾村

袁 敏

到德清采风。在杭州东站上了高铁，屁股还没坐热，车厢里就响起了广播声音：前方到站德清站，请下车的乘客做好准备。看手表，高铁居然才开了十一分钟。这就到了？也太神速了吧？平时上班也得比这多几倍时间呀！

环顾四周被霏霏细雨洗得苍翠欲滴的青山，空气混合着树脂清冽的淡香沁入心肺，舒缓和清爽从全身流淌而过，幽静和安宁扑面而来。

我不由得跳出一个念头：也许，可以到德清，安一个家？

以前多次到德清，皆因莫干山。每次来，总是直接上山，急不可耐地想在绿色的竹海里穿行，在一栋栋民国时期的老别墅里徜徉，从未留意过匍匐在莫干山脚下的村庄，更未打量过静卧在莫干山必经之路上的庾村。

来莫干山总是夏天，山中自然景致勃发出绿的生命。竹林连绵，山岚欲滴，绿色的海洋荡漾出波浪的层次，翠绿、浅绿、深绿，间或也会夹杂各种不同的植物和年代久远的老树，嫩黄、深红、淡褐，山中灵泉流水淙淙，天上白云朵朵飘悠……这一切汇成斑斓立体的油画，营造出"清、静、绿、凉"的独特意境，让你身陷其中，醉而忘返。

可是这次走访庾村，时值隆冬，万物萧瑟，冬雨绵绵。我们踏上庾村的石径时，深灰的天空正飘落着雨丝，高大的古树光秃着枝丫，没有了绿色春意的庾村，不娇媚、少秀丽，却别有一种深邃而悠远的气韵，苍劲而森然的厚重，沉静中透出一种浑然天成的大气。

唐代大诗人杜甫曾有诗句："庾信文章老更成，凌云健笔意纵横。"诗中的庾信，是南北朝时期的大文学家，而这一文脉又可以上溯到庾信的祖先。庾信出身于一个"七世举秀才""五代有文集"的家庭，为东晋时期文学家庾阐的后人。他的祖父庾易，才高八斗，却隐居不仕；父亲庾肩吾，曾在南梁为官，是当时著名文学家。庾氏家族一脉曾聚居于此地，庾村也因此而得名。

在庾村路口有一座灰砖老房子，这是庾村老车站。这座有着近百年历史的老建筑，建于1929年，是20世纪30年代原武康县的三大车站之一，到莫干山的人们几乎都会在这里下车，在庾村歇脚。现在，这个老车站已经开辟为"莫干山交通历史馆"，这个称谓和命名，表明了庾村和莫干山的密切关系。展馆展示了1990年以来从上海到莫干山的交通变迁，涵盖珍贵的图片、历史文献等资料，是个值得去看一看的好地方。在这里你会发现，在百年前交通极为落后的情况下，莫干山却依然成为令人向往的风景胜地。

然而，这样有深厚文气浸染、藏匿着春秋历史的庾村，作为莫干山的门户，多少年来却因为其内敛和低调，一直被人忽略，与纷至沓来登临这座名山的游客擦肩而过，很少有人停下匆匆的脚步，细细打量一下这个不起眼的地方，听它讲述自己的岁月故事。

对此，庾村却显出一种坦然。它没有大肆招揽游客的迫切，也不像有些套上时尚新衣的古村落，反倒失却原有的韵致。庾村是自信的、云淡风轻的、处之泰然的。它的沉静是因为胸中激荡过太多风雷，而视热闹和喧哗为过眼云烟。但是庾村又绝不是落伍的，它的格局和气度显出一种高远和博大。

这样的感觉，在一个名叫费美珍的女子身上，体悟得格外真切。

当我走近庾村的"文治藏书楼"时，刹那间有一种和历史相逢的感觉。这座藏书楼历经百年，古树的年轮、石头的沧桑、屋宇的老旧、砖墙的斑驳……早些年曾经在媒体上看到过一篇文章，列举一些正在濒临消亡的中国私家藏书楼，好像也提及文治藏书楼。后来又听闻文治藏书楼被一家企业用作办公场所，许多人忧心忡忡，历史的活态档案会不会就此湮没？

当我看到文治藏书楼并没有被过度翻新改造，而是较为完好地保留了其原有的样貌，让久远的历史穿越岁月的隧道呈现在我们面前时，我不由得舒出一口长气。但我清楚地知道，文治藏书楼能否传承从前故人的文脉和遗风，还要看今天的主人如何读懂当年。

费美珍就是在我们踏进藏书楼的那一刻出现的。

这是一个在人群中很难让你目光留驻的中年女子，相貌平常、衣着普通，一下子打动我的，是她好听的嗓音。当费美珍带我们参观这座藏书楼和周边其他房屋，并告诉我们她是如何卖掉自己的住房，掏空自己打拼多年的积蓄，花巨资租下并修缮了文治藏书楼，为的是实现自己的文化理想时，我被吸引了。不是因为她的讲述，而是因为她的声音，那声音带着生命的激情。

费美珍是德清本地人，让我没想到的是，她既没有文化人的家学渊源，也不是受过高等教育的知识女性，而是一位土生土长的农民。20 世纪 80 年代末，她还是一个十七八岁的小姑娘时，就勇敢地加入了德清县劳务输出的队伍，远赴深圳打工。当同去的老乡在繁重的体力劳动后只会流泪想家时，费美珍却睁大了求知欲渴的眼睛，海绵一样吸吮着扑面而来的各种信息和知识。五年以后，当费美珍视野渐渐开阔、羽翼渐渐丰满后，她只身来到杭州，白天在摊位上做礼品生意，晚上凭借自己的好嗓子去电台和电视台录音配音，并不仅仅是为了多挣一份钱，而是为了结识更多文化圈里的朋友，让自己的生活更加丰盈充实。

钱包渐渐鼓起来的她在杭州买下了自己的房子，而后结婚、生孩子。当别人都羡慕和钦佩她的能干时，她却很清楚地知道，这不是自己想要的生活。终于有一天，费美珍义无反顾地抛下在杭州已经做得风生水起的礼品生意，带着女儿回到德清。如今的她飘忽的梦想变成了明确的人生追求。

费美珍在做礼品生意时开始接触到邮票和藏书票，一下子就被这方寸之间展示的万水千山吸引，潜伏多年的艺术细胞在走南闯北的人生旅途中被一点一点唤醒。当她的目光和邮票藏书票相遇时，擦出的火花点燃了她的心。她来到莫干山脚下的庾村，租下见证过历史风云的"文治藏书楼"，她要在这座百年书香之气浸染的藏书楼里，开办一个藏书票馆。

藏书票被誉为"版画珍珠""纸上宝石"，是贴在书的首页或扉页上带有藏书者姓名的袖珍版画。藏书票大多由版画家手工制作，在国外甚为流行。一本书的藏书票，就像彰显一个家族或一个人身份的徽章般重要。费美珍虽然对版画没有什么研究，但因为有了办藏书票馆的梦想，她很快就通过自己灵敏的艺术触角，结识了中国美院版画系的陆放教授，并向他倾吐了自己想在庾村的文治藏书楼办藏书票馆的梦想。陆放教授被费美珍打动了，他不仅慷慨地为文治藏书楼藏书票馆的开馆奉献了自己多年收藏的二百多件藏书票珍品，而且还答应将以莫干山为题材创作一批新版画，并以此制作一套藏书票。

不久，费美珍精心筹措的"陆放版画藏书票馆"在庾村的文治藏书楼如期开馆，一幅幅精美的藏书票，或人物、或山水、或花鸟鱼虫、或戏曲脸谱……无不散发出艺术的魅力。全国各地的文化界朋友在领略藏书票带来的美感的同时，也被文治藏书楼的历史沧桑感所震撼，更被让文治藏书楼百年不倒、默默守护着这一片土地上文化底蕴的庾村所惊艳！大家发现，亮相于文治藏书楼的藏书票馆，只是庾村的一个小小缩影，更多和德清地域文化相关的各类产业，在这里遍地开花。农村的有志之士，特别是外出闯荡过世界的人，在有乡愁的家乡，完全可以开创一片新天地。

"慈母手中线，游子身上衣……"唐代德清籍诗人孟郊的一首《游子吟》传诵至今，不仅呼唤着越来越多的德清人回归故里，也吸引着各地的文化人士来德清安家，开创文化事业。费美珍不过是德清庾村众多文化创业者中的普通一员。

如果你和我一样，动了到德清安一个家的心思，一定是因为莫干山！而只要为莫干山而来，你一定不要忘了在庾村歇歇脚，它拥有莫干山上没有的风景。

选自《人民日报》2019年4月1日

"蜻蜓"立上头

孙景山

古浪峡一过，是一片平川绿洲。这一片绿洲，孕育了几千年的农耕文明；这一片绿洲，奠定了五朝的古都基业；这一片绿洲，养育了一代又一代辛劳的子民。这里，就是凉州。

要问凉州有几多历史、几多文化，说也说不清，数也数不清。但千百年来，凉州的人们总是日出而作、日落而息，春耕夏忙、秋收冬藏，世世代代皆如此。

蜻蜓村距凉州区5公里，紧挨着凉古公路，与高坝镇的其他村子相比，交通是比较便利的。但这种便利在很长时间里并没有发挥出来，也没有让蜻蜓村发展起来。要让乡亲们富起来，必须改变传统的种植模式。要改变这些，必须要有突破口。

突破口在哪里呢？

正在这一年，石羊河流域治理开始了。也是在这段时期，武威的农业由传统农业起步向现代农业转型。市、区政府明确了转型的路子，就是要把推进石羊河流域重点治理与实现农民增收有机结合起来，把解决"结构性缺水"问题与调整农业结构结合起来。政策就是机遇，机遇就是命令，村党支部书记马元眼前豁然一亮，他和村里一班人商议，决定借着石羊河流域治理的东风大干一场，响应政府号召，带领乡亲们发展节水增收的设施农业。

然而,当他们满怀信心地发动乡亲们搭建日光温室、发展设施农业时,乡亲们的态度给他们狠狠地泼了一盆冷水。有的乡亲一听搭棚就抵触,有的虽不抵触但顾虑重重——"搭个棚得两三万块钱,自己没有钱搭""棚搭上种的东西卖不出去怎么办""搭个棚别搭赔了"……

他们没有灰心。乡亲们多年来习惯了传统的种植方式,虽然收获并不是很多,但足够吃喝,生活稳定,不想乱折腾打破这种稳定。他们更意识到,改变传统种植方式,根子在于改变乡亲们的思想观念;而改变这种思想观念最直接、最有效的办法就是让乡亲们看到甜头。他们决定自己带头搭建,赚了最好,赔了算自己的。

筹钱、砌墙、扣棚,5座棚很快在蜻蜓大地上伫立起来。紧接着就是定植、管护,不懂的地方他们就找技术人员问。经过精心培植,菜陆续下来了,正赶上秋冬时节的好价格,5棚菜获得了好收益。从搭棚开始,乡亲们就一直观望着、关注着,有的希望他们赚,开一条路,以后自己也跟着干;有的不希望他们赚,好让他们不要再动不动就搭棚、搭棚的,消消停停种好庄稼。看着他们赚了钱,一些乡亲动了心,纷纷来打听搭棚的成本、种植的技术、销路、收益等等,日光温室一座接着一座地搭起来了。

棚建起来了,菜也种上了。乡亲们每天满怀希望和热情地穿梭于菜畦之间,锄草、浇水、掐蔫、绑秧、传粉。很快地,菜下来了,可是没有人来收,要么就是价格太低——菜卖不出去。乡亲们着了急,菜要是再卖不出去,要么就是熟老了不能吃了,要么就是坏了,这样下来,辛辛苦苦种的东西岂不白白浪费掉?一棚的东西没有收益,岂不赔光光?

面对乡亲们的埋怨,马元又把村两委的一班人召集到一起商量对策。

经过商议，他们决定联合种植日光温室的乡亲们成立专业合作社，自己收购和销售蔬菜，以解乡亲们的燃眉之急。不久，凉州区蜻蜓蔬菜产销专业合作社成立了。

合作社的成立，结束了乡亲们自产自销的局面，开启了产销一体化的集约模式。乡亲们的菜有人负责买，有人负责卖，既解决了乡亲们卖的难题，又保障了收益。

卖菜不愁了，收益也有了，乡亲们的信心提振起来了，拓规模、广种植，全村累计发展了800多座、1100多亩日光温室。种植的蔬菜种类丰富多样。

然而，困扰日光温室发展的"拦路虎"又来了。乡亲们长年来习惯了传统种植，对于日光温室的管护没有经验，面对各种问题常常束手无策。马元看到了这个问题，就组织乡亲们到发展好的地方学经验、学技术，打破这个制约发展的瓶颈。

随着日光温室的发展，马元带领合作社建立了"合作社＋基地＋农户"经营模式，以合作社为基础，设立8个蔬菜收购站，并不断拓展蔬菜销路，既开拓了省内市场，更将销售的触角延伸到了新疆、内蒙古、宁夏、陕西、黑龙江等地。蜻蜓蔬菜的影响力逐步扩大，合作社会员扩大到了100多人，通过合作社销售的"蜻蜓"牌蔬菜达到2500多吨。蜻蜓村乡亲们的钱袋子鼓起来了，日光温室的收入占到了乡亲们总收入的80%以上。

梦想一旦实现，就会有更大的梦想在后面出现。

乡亲们的钱袋子鼓起来了，马元起初的梦想实现了，但他并不满足。他想和时间赛跑，他想和梦想赛跑，他想如跑接力一样，带着蜻蜓的乡亲们跑完一程又一程。

他看到那些土坯房子，看到很多乡亲家里黑洞洞的墙壁，看到一些乡亲家的鸡满院子跑，有时还进到屋里，一个想法萌生了：他要改变乡亲们的居住环境。

这个想法萌生时，正值市、区大力推进城乡融合发展时期，市上规划建设一条推进城乡融合的快速道路——金色大道。这条道路将凉州区城区、几个园区和经济条件好的大部分乡镇串联了起来。这条道路穿蜻蜓而过。

马元抓住了这个千载难逢的机遇。他带领村里一班人多方征求意见，因势利导，将全村规划为居住区、设施养殖区、日光温室产业区、特色经济林果带和现代物流区五大板块，并带领乡亲们按照规划开始实施。随着时间的推移，金色大道沿线建起了60栋120户二层小康住宅。

按照让乡亲们全部住上好房子的设想，马元规划修建住宅楼41栋1132户。他们跑镇上、跑区上、跑市上，积极协调、多方筹资，经过努力，终于建成框架住宅楼19栋684户，让乡亲们上了楼，让"楼上楼下、电视电话"的生活从城市走向了农村。与此同时，他们还组织修建了社区服务中心，配套建设露天文化广场和乡村舞台，改善了"美丽乡村"小康点公共文化设施，对小康住宅区进行了美化、绿化、亮化，完善了污水处理管网、垃圾箱、社区道路等基础设施，使蜻蜓村的面貌得到了前所未有的改变。

房子修好了，棚也搭好了，钱袋子也鼓起来了，日子越过越好了，乡亲们的脸上笑容多了。有了这些，按说马元就可以缓缓气儿，和乡亲们一道享受生活了。

然而，马元就是个倔性子的人。他不满足。他在想，怎样延伸现有的产业链，以带来更大的效益。抱着这样的想法和态度，他带着村里一班人寻找新的、更广的路子。经过一段时间的思索、考察和了解，马元意识到发展"乡村旅游+休闲农业"是农村发展的趋势，赶在人前就能夺得先机。想到这里，他就和村"两委"班子成员讨论、研究，最后认为走这样的路子可行。

思路决定出路。目标定了，落实就是关键。

然而，"乡村旅游""休闲农业"对乡亲们来说，基本是个陌生的领域，好一点儿的多少听过，不好的连这是啥玩意儿都不知道，更别说动员乡亲们搞了。办法总比困难多。面对这种境况，马元多方了解，确定陇南成县、平凉泾川、兰州榆中、宁夏中卫、陕西杨凌等地为学习县，组织村里部分党员、群众代表前去参观学习，学理念、学管理，把他们的经验搬过来。

2016年，他带领乡亲们成立了蜻蜓乡村文化旅游公司，委托北京世纪唐人文化旅游规划设计院，对蜻蜓村的文化旅游产业进行了规划设计。按照规划，他们大力发展休闲农业观光旅游，投资820万元、流转土地150亩建设了蜻蜓开心农场，配套建设了集采摘、种养、农家体验、垂钓休闲、住宿度假为一体的农村风情运动休闲中心。农场每亩设计为10个单元，每单元67平方米，每年租费2000元，由合作社代管，供游客认领种植。农场无偿为认租土地者翻地、整地，免费提供农具、水电、有机肥料、地膜、灌溉及技术支持，认租者只是除除草、松松土、聊聊天。农场种植的作物全部进行有机蔬菜种植标准管理，让认租者既能吃上实实在在的有机蔬菜，又能体验生产生活。农场建成的第一年，划定的100多个地块很快全部被认领，收入达到了亩均20000元，超出了马元的预想。

2016年，借着"大众创业、万众创新"的东风，村上引进了甘肃名仁生态农业发展有限公司，投资1.5亿元、流转土地300亩发展现代观光休闲农业，逐步建成了集200亩薰衣草种植基地、全景观时尚生态餐厅、南方水果蔬菜采摘园、人工湖垂钓、儿童体验馆建设为一体的蜻蜓"普罗旺斯"庄园，使这个西部落后地区的小村子拥有了如法国小镇普罗旺斯那样的浪漫风情。

乡亲们一面每年领取土地流转费，一面到庄园务工领取工资，一举多得。有的乡亲还在周边开起了农家乐，为游客提供方便简洁的食宿环境，让游客玩在蜻蜓、吃在蜻蜓、体验在蜻蜓。

随着乡村休闲旅游的发展，马元带着乡亲们走起了公司化的道路。他们采取能人大户主导、民间资本注入、乡亲自筹的方式，成立乡村旅游公司，吸纳乡亲们加入，让乡亲们成为公司股东，开发旅游商品，发展旅游产业，年终按股份分红，让乡亲们致富奔小康的道路越走越宽了。

随着产业发展的深入，马元深切认识到，没有内涵，发展的劲道就不足。内涵是什么？就是文化。挖掘自己的文化，提升文化内涵，给蜻蜓的乡村旅游品牌打上文化符号，就可以让蜻蜓的发展有长足的后劲，让蜻蜓这块牌子更加响亮。

想到这里，他们便行动起来了。他们根据规划着力打造历史文化区，将建于元朝、保存完美的清凉寺充分利用起来，打造佛教文化教育基地；建设村史馆，通过充分挖掘村里的历史文化底蕴，展示生产生活旧景，传承和培育民俗文化；在村子老宅基地的基础上，翻新、修建红色教育基地，搜集陈列革命年代各类具有代表意义的百余件物品，用以传承红色革命文化。与此同时，他们在住宅区修建文化广场、设计文化墙等，宣传和弘扬社会主义核心价值观。

修建村史馆，建设红色教育基地、文化墙等，都还是静态的。结合新时代、新风貌和弘扬社会主义核心价值观，成立"红蜻蜓"秧歌队、腰鼓队、舞蹈队，开展"好媳妇""好婆婆""美德在家""五好美丽家庭""巾帼带头能人"评选活动，则是让村规良俗活起来，培育新文明、新风尚，塑造乡亲们新的精神风貌，给前来观光体验的游客新的印象。

时代的步伐在铿锵迈进，把握时代脉搏，紧跟时代呼吸，就能占据新的制高点。这是敢于创业、善于谋事者的过人之处。

面对信息化、大数据的蓬勃兴起，他们紧跟时代，将自己的特色通过互联网推广出去。通过现代互联网电子商务信息技术平台，利用"互联网+"和政务微信微博等，他们建立了蜻蜓电商体验馆。借助电商平台，宣传营销村里的特色农产品、手工纺织工艺品等旅游产品。同时，顾客或游客也能不出门，通过手机商城支付购买产品、预定乡村旅游体验等，给顾客、游客们带来极大的方便。信息化带动蜻蜓村开心农场、一米阳光等设施农业、乡村旅游产业快速发展，让蜻蜓的乡亲们有了更多的希望，有了更多的获得感和幸福感。

一人富富一家，大家富富一方。自己发展好了，不能孤芳自赏，还应该回馈一方。无论是谁都应该秉持这种理念。而这也是马元和蜻蜓人的心愿。

瞧，2019年，村委委员、妇联主席、全国人大代表王秀兰提交了"将民勤生态建设示范区规划列入国家专项规划给予支持，大力发展生态产业，完善生态基础设施，创新治理体制机制，为全国生态文明建设提供实践样本"的建议，这是她继2018年提交"解决甘肃省石羊河流域精准扶贫生态移民供水问题"建议之后提出的新建议。

选自甘肃科学技术出版社《陇上百村纪事》

生命里的触动与改变

周华诚

一

很久以后,高金蝉还记得曾读过的那本名叫《一把盐》的书。这本描写中国日常饮食的图书让她印象深刻——世间所有的美味和真意,一把盐足矣。

在 2006 年那个细雨绵绵的春天,当高金蝉一头扎进江南的一个小村庄的时候,她的生活就像突然撒进了一把盐,日子的美好与真意,突然就穿过人生的缝隙洒了进来。

连绵的田野,此起彼伏的片片果林。一树桃花刚刚盛开,像是春天的红装;层层叠叠的白色梨花像铺在枝头的雪;两棵银杏树静静立于村庄中;三座古桥跨在河汊上。四周是一片蓬勃生长的野草闲花。

小村庄所在的地方,是嘉兴南湖区的凤桥。那是个传统的农业大镇。高金蝉回忆起来仍然神往:"跟随考察小组一行人走进小村庄的时候,仿佛掉入了一个桃花源,世界一下子安静下来。"

这个村庄对于一群外来者的闯入并不设防,老人们在滴雨的檐下坐着,笑眯眯地看着来人;两条老狗一路跟在他们后边,也不吠;打伞的人上桥下桥,影子倒映在微雨涟漪的水面……

"这不正是在我梦境里千回百转出现的心灵家园吗！"高金蝉如是说。

一段缘分就此结下。

人与草木、与村庄，或一群人与另一群人的遇见、相处，都是一种奇妙的缘分。高金蝉他们与这个地方的缘分就此结下。谁能想到，那一次意外的行走，会诞生一片梅花洲呢？

二

最早确定要在这个地方造出一个梦来的，是一位叫陶明的本土房地产开发商。他造过许多房子，但他总想造出一个地方，是自己心灵的居所。

但当陶明向大家描述一个巨大的美好设想时，大家都抱着半信半疑的态度。也难怪，这么一个体量巨大的项目，一脚踏进来，没有10年，哪里能出得去！

"这次不一样。我们踏进来，就不要想着出去了。"

这是开玩笑的话。陶明的真实想法是，真的碰到一件值得投入一生时间去做的事情，何尝不是一种幸福。

整个初创团队无疑非常认同这样的想法。如果陶明是一个造梦人，那高金蝉和小伙伴们组建的梅花洲创业团队就是一群追梦人。

"我想着退休以后，就在这里种片田，养点儿花，过过小日子。"高金蝉说出这话，大家都笑了。可是，她说的时候，神情是无比认真的。

高金蝉是1972年出生。当陶明提出这个项目构想时，她是公司里的财务总监，20年的财会生涯和职业训练，使她的思维变得缜密而严谨。她的工作和生活都井井有条，而在她的内心深处，有一颗文艺的种子，被埋藏得很深很深。

高金蝉很小的时候，当大多数同学还在看作文辅导书时，她已熟记了不少唐诗、宋词、元曲。她还喜欢武侠世界，翻遍了梁羽生、金庸的小说。到高中时，她已经把能找到的世界名著都浏览了一遍。然而，上了大学，却阴差阳错地学了会计。

尽管如此，她内心的诗和远方常常不自觉地冒出来。在许多个场合，她常这样介绍自己："我是海宁人，来自徐志摩的故乡。"徐志摩的故乡，那是诗意流淌的地方。诗意也流淌在她的血液里。

2010年，高金蝉已经被提拔为总经理助理，开始分管经营。工作是极为理性的。然而她相信自己内心一定有个角落，还存放着曾经的诗情画意，也正是那样的内心蓄积滋养着她的日常。

一颗种子只要遇到合适的土壤、雨露、阳光与温度，一定会冲破泥土，生长出来。

所以，当整个梅花洲逐步成形，水西草堂民宿的设想摊到桌面上时，她内心那根文艺的弦一下子就被弹出"咚"的一声响。如果有一个并不需要多么广阔的文艺空间，可以凭自己的兴趣打理，按自己的喜好来陈设，听什么音乐、插什么花、看什么书，甚至哪天开不开门，也全看心情，见不见客，也看心情——那多好。

想一想就醉了。

三

时间慢慢过去，梅花洲渐渐展露她美好的新颜。

整个梅花洲景区采取的是修复性开发的原则。意思就是，对每一棵树木、每一株花草，都需同样尊重。

陶明曾说："树也好，花也好，它们才是这块地方的主人。"

原本设计的屋檐边上有棵老树，那就让屋檐为这棵老树侧一侧身，或是为它留一个空间吧。事实上，正是因为这样的理念，那些树、那些花，后来成为梅花洲最好的风景。

位于规划开发区域中的六七座江南民宅建筑也被保留下来，他们同时还修整了一座始建于南朝的石佛寺，使流传1500年的文化根脉得以延续。当地100多名农民成为梅花洲合作社成员，原先单打独斗的农民如今转身成了农业产业工人。

"现在走进梅花洲，遇到的保安、保洁员、服务员，很多都是原先的村民呢。"高金蝉笑，"不过，现在我也是在梅花洲待了10年的'村民'了"。

梅花洲变得越来越美。2012年，梅花洲成为国家4A级旅游景区。几年下来，通过不断挖掘运河文化、非遗文化、节气文化及嘉兴本土文化，梅花洲重现了以运河生活文化为蓝本的江南水乡新风貌。

美丽的风景之中，更应有充满文化气息的生活。于是他们想到了秀州书局。很多读书人都知道秀州书局，它是嘉兴当地的一块文化招牌。于是，梅花洲引进秀州书局的分店，通过"书店+民宿"的形式，使游客不仅能在此阅读、购物，更能在此留宿，住在书香之中。

而这，不正是高金蝉一直心心念念的文艺空间吗？

秀州书局古色古香的房子上下两层，就坐落在一条蜿蜒的水道边上。天色渐晚时，温暖的灯光从书局窗内透出，在暮色之中，显得漂亮极了。那灯光下有书，仿佛是故人在等你。

年轻美丽的店员筱美，经常会从乡野间采来一枝野花或一把狗尾草，将它们插在书桌上的花瓶里，书店里顿时充满了花香与活力。

说到筱美，也是热爱文艺的姑娘。她原先学医，纯粹是被秀州书局的文艺气息吸引，成为书店的主理人。一年多时间的驻扎，她已经深深爱上了这里。

高金蝉说:"其实我们一直在做的事,是把梅花洲打造成'乡村美学生活空间'。这里会呈现江南悠闲的慢生活方式。正是这样的生活方式,吸引着更多的人来到这里。"

四

高金蝉带我去看水西草堂。

草堂就位于古色古香的西街,我们侧身迈入一扇布满历史气息的木门,还没回过神来,就仿佛掉进了一段过去的时光。

草堂内草木葱郁,曲径通幽。刚落过一阵雨,大树小草青翠一片。因为渐近傍晚时分,游客少了许多,远处古刹传来的袅袅梵音,愈加衬托出周边的静谧。我们穿行在草木之间,各种感官全部打开,迎面是微风携来的清新的自然气息——有泥土味儿,有花朵味儿,哦,还有树皮味儿。

正是这种对自然的感知构建了水西草堂。

穿过书香浓郁的大堂,是方正的酒店中庭,中庭露天,沿袭了江南人家的天井布局,谋求着人与自然的沟通。中庭内还有假山、花园,其中花木扶疏,都安然在这里承接雨露阳光。

我们的古人与天地往来几千年,最终将一年365天以二十四节气分割。水西草堂以二十四节气为主题来设计客房,客房的墙上悬挂着传统山水画,床头有鸟笼式的床灯,原木色调的家居,都讲究禅意氛围。但最传统的,也许应是窗外的那一抹绿色,透过窗棂若隐若现,似召之即来,又不迎不往。

一切是如此熟悉,这是古人与天地往来的居所啊!而一切又有些不一样,它比曾经的更精致,更贴合当下人的精神需求。

水西草堂的宾客大多来自上海、杭州，也有从北京远道而来的年轻人，一来住上好几天。他们说，被丽江、大理、凤凰那样的繁华闹怕了，哪儿知道还能在商业发达的江南找到这般的安静恬淡。

高金蝉很开心："有人形容得好，说水西草堂是自自然然，就仿佛是从这个叫凤桥的小镇上，像庄稼一样从土地里生长出来的。所以它令人熟稔、亲切，让人仿佛回到了自己的家乡。"

哈，那也一定是上下五千年的精神故乡呀！

距离水西草堂不远的几处院落还在修整当中，估摸用不了太久就会开放。那是什么样的院落呢？有棋院、太极院、古琴院。棋院是梅花洲与嘉兴棋院联合创办的，平时棋友们可以来此小住，在安静的环境里切磋棋艺，大有古代名士之风范。还有一个"紫桃轩"，作为文艺青年的交流聚会场所，想来以后会很热闹。

高金蝉的想法很简单："民宿只是一个空间，吸引的是一群气质相投的人，聚在一起做一些志同道合的事。"

譬如，弹琴、画画、焚香、插花。在这里，你对什么感兴趣，同样感兴趣的那些人也会在前方等你。

跟着高金蝉在水西草堂和几间院落里穿进穿出，遇上人，我们就停下来驻足寒暄。我觉得这个地方真好，就像回到从前江南的一个小镇上，小镇上人家错落，人情温暖。这里的生活如门前流水一样，轻轻缓缓，悄无声息，又是如此自在。

是的，从前慢。

"我们现在的人，都太快了。"高金蝉说。她从前生活节奏也快，总是四处奔波。现在在梅花洲，在水西草堂，她算是找到一个让自己慢下来的场所了。

心栖于此，自在安宁。

远处石佛古刹的梵音依稀传过来，让眼前的一切都变得悠远了，心中充满了可说也不可说的欢喜。

五

高金蝉经常会去梅花洲的田野间走一走。

竹林四季常青；暮春，竹笋拔地而起，梨花遍野；初夏，桃李嫣红，小雏菊在野地里盛放。

高金蝉自在着呢。

有时候悠游半天，活像个小神仙，直逛到兴尽而归；有时候也会更具文人气息一些，采一把野花回去，找一个古雅的花器信手一插，相得益彰。日子一下子就丰满起来。

"你来到这里，就是想着，让生活、让日子更美一些，更悠然一些。"

确实如此，想想看，中国古人讲求"智者乐水，仁者乐山"，山水佳处，必有高人与知音。当年哲学家梭罗为了思考生命的价值，曾隐居澄静的瓦尔登湖畔，亲手搭建小木屋，亲自耕耘，完成人类与大自然水乳交融的名著《瓦尔登湖》。

高人欣喜入山林，山水更幸得知音。

但凡山水之间，便宜于滤净内心的杂质，探索生命的智慧之道，抵达心灵的静谧、深邃、纯净与欢喜。

"一个人，倘若能因山水而使身心栖居在纯净、欢喜之处，将多么有幸。"

因为水西草堂，高金蝉发觉自己也在慢慢地发生一些改变。这样的改变如细雨润物。刚来时，她会更在意效率、回报，原先做财务的她习惯于在脑子里把算盘打得噼里啪啦响。但现在,"脑子里的数据好像都被大自然吃掉了",她会更在意美的细节,更注重过程是否美好。那些原先被她忽略的诗意感受,像是突然受到召唤一般,自然而然地浮现出来了。

高金蝉想,如果没有梅花洲,如果没有水西草堂,她也许还会照着自己之前的那条人生道路一直高歌向前。但命运待她更丰厚,赠予她梅花洲,赠予她水西草堂。她在这命运里安然驻扎,触摸生命里的另一层感动与欢喜。

选自《读者》(原创版)2020年第2期

"茶乡"依旧繁华

安如山

资江翻越崇山峻岭来到湖南安化,穿城北去,经洞庭,进长江。安化曾是繁华的水陆码头,在马帮肉和排上鱼这两道梅山名菜中,至今还能寻到往日资江两岸的灯火璀璨,人声鼎沸。当然这一切都缘于黑茶——这里是通往俄罗斯万里茶道的黑茶起点。

码头老街折射当年"茶乡"繁华

穿过江南镇大桥,资江右岸,依山傍江有一条排屋老街。尽管老屋已东倒西歪,但房前磨得锃光瓦亮的石板路,屋后伸进江中的台阶码头,令人依稀可辨当年茶市鼎盛时的繁荣。

安化素有"茶乡"之称,产茶制茶历史悠久,早在唐代便有"渠江薄片其色如铁"的记载,距今已有千年历史。元明时期"云雾茶""芙蓉茶"驰名中外,成为朝廷贡品。在中国(安化)黑茶博物馆,我们得知,自明朝嘉靖以来,安化黑茶取代四川茶远销西北诸地。万历年间,朝廷颁布《安化黑茶章程》,正式确定安化黑茶为运销西北的官茶。当年,有一支朝廷的茶兵千里迢迢专门押送安化黑茶。清咸丰年间,欧美各国茶商有"无安化字号不买"之说。

如今,安化黑茶如何?

因茶走上乡村振兴路

"安化黑茶在改革开放后重放异彩，近年来发展迅猛，从 2007 年产茶 2000 万斤，税收 38 万元；到 2018 年产茶 8.2 万吨，税收 3 亿元。茶已成为全县支柱产业。"安化县人大常委会副主任肖伟群介绍。

安化境内群山起伏，难见平畴，更无工业。独特的地理环境铸造了安化人勤劳质朴、开拓创新的精神。

穿山过岭，我们来到叶子茶厂。在厂里打工的高桥村村民说起了这几年的变化，喜笑颜开。村民徐华荣说："我们山里大多是旱地，靠天吃饭，种些玉米、稻谷，勉强维持生活。""2010 年，这里建起了千亩茶园基地，办起了茶厂，我家有 3 个人在厂里上班，婆婆在家门口开了个小卖部，全家日子越过越红火。"村民杨晓红谈兴正浓，"在那以前，我和丈夫年年出外打工，村里穷得没有姑娘敢往这里嫁。现在，日子红火了，有一位从浙江嫁过来的姑娘，把她爸妈都动员来村里落户。"守着茶厂活路多，在这一片，八九十岁的老人在家里替茶厂捡捡鲜茶叶，每年都能挣一万多元。据介绍，湖南华莱生物科技有限公司已直接安置就业人员 4000 余人，年工资总额逾 1.5 亿元，已上缴国家税收逾 10 亿元，累计捐赠公益资金 6 亿元。

"一片叶子兴了一个产业，富了一方百姓，带动了安化县 35 万人就业。"安化县委常委、宣传部部长黄瑛强调说："一业兴，百业旺。黑茶产业链很长，种植、生产、加工、包装、物流、茶旅……多个产业被带动发展。安化漫山遍野竹林，山民们把它劈成竹篾、编成竹篓，成为黑茶最好的包装材料。"

叶子茶厂空气中弥漫竹子清香，汗流浃背的茶工正奋力压制茶饼，一盘盘鲜茶饼挤进竹篓，码齐晾晒。这是在制作千两茶。

千两茶，是人工成本比较高的黑茶。当地人家生孩子当年必会存下几篓千两茶，待孩子长大，交给孩子开篓。2008年，安化黑茶千两茶制作工艺被列入国家非物质文化遗产名录。安化黑茶中的金花茯砖更为独特。国家级非物质文化遗产黑茶制作技艺传承人刘杏益说："只要条件适合，金花菌就会自然生长，但金花有个特点，霸性很足，只要金花菌生长以后，会抑制其他一些有害菌种产生，确保了茯茶健康安全。"

茶旅融合走出新天地

安化旅游资源丰富，山水形胜，风光旖旎，奇山秀水孕育了安化的灵动。安化境内的云台山、茶马古道、白沙溪茶厂、蚩尤故里、梅山文化生态园等景区成为人们休闲旅游的常去之地。安化黑茶，也走出了一片新天地。

"现在，我们正用科技创新和高质量发展来提高黑茶的附加值，解决黑茶饮用的便利，推广茶旅融合。"肖伟群说。在万隆黑茶产业园，我们看到新采的茶叶被直接送到自动加工生产线上，陪我们参观的导游自豪地说："我们的黑茶已实现清洁化、规范化、智能化生产。透明的生产过程，让人看着放心，这是安化黑茶之旅的必要内容。"

随着乡村旅游发展得红红火火，采茶、制茶、垂钓、赏花、踏青等活动深受游客喜爱。如今，茶客寻茶游、家庭亲子游等已成为安化旅游热点，旅游市场全线飘红，仅2019年"五一"假期4天就接待游客10.08万人次，创历史新高。

安化县茶旅服务中心负责人介绍，现在的旅游更强调体验感，游客进入茶园或茶山，品茶、赏茶、制茶是安化茶旅一体化发展的重要卖点。

近几年,安化茶园景观化做得好,很多茶企加入茶旅一体化,带动千家万户的小茶农。这样一来,茶山、茶园与景区有机结合,丰富了游客的茶文化体验,使安化成为茶文化旅游的重要目的地。

选自《人民日报》(海外版)2019年5月27日

焦作的乡村路,真好

宋 朝 冯佳志 董 洁

一场西北风把毛茸茸的冬天送上了云台山。

漫山遍野的各种树叶争先恐后地红起来了,像是在欢迎冬天的光临,又像是向大自然以及呵护它们的游客与山民们展示今年最后的张扬。

一条 11 公里的山路婀娜多姿,恣肆地游走在山谷之中,然后盘山而上,在高山之顶金岭坡村的"云上院子"稍事休息,又蜿蜒而下,连接到了省道上。

"这条 2018 年才修通的 11 公里的路叫金云路,因为沿途风景好,被修武人称作'天路',是我们修武县美学乡村、美学经济的一个典范!"修武县"四好农村路"创建指挥部办公室主任秦超说。

历史上曾经是资源性城市的焦作 20 世纪初开始转型,开打绿水青山的山水牌,至今,全域旅游已经有模有样。

焦作市农业农村局副局长刘新成说,焦作市农村公路的全面升级改造从 2018 年发力,三年时间计划投资 45 亿元,新建、提升农村公路 6782 公里。

2017 年 12 月,习近平总书记要求进一步深化对建设农村公路重要意义的认识,既要把农村路建好,更要管好、护好、运营好。

建好、管好、护好、运营好,乡村公路综合指标原本在河南省顶尖位置上的焦作市，结合基层党建、脱贫攻坚和乡村振兴率先出发，经过两年的努力，全市的"四好农村路"里程已经超过了4000公里。

建得好、管得好、护得好、运营得好，焦作的农村路，真好！

只要有路，就可以开车一直前行，
焦作的农村路基本都是"环形活路"

59岁的原平均是金云路海拔最高点金岭坡村村民，金岭坡村隶属修武县西村乡。

"说来我们是西村乡的，其实我们赶集买东西都去七贤镇，近！"原平均说，这条路修好前，他赶集都是骑摩托车走山涧的碎石路，路窄、坡陡、弯急、绕圈，天黑要是还不能到家，老婆都该站在山上喊了，怕出事。

"现在不一样了，路修好后，妇女们都能骑个电三轮单独去七贤镇赶集卖山楂、核桃了！"金岭坡上那座历史上用石块砌起来的小学校现在变成了一处民宿，还起了个颇有"诗和远方"韵味的名字叫"云上院子"，原平均现在是"云上院子"里的花工，拔草、浇花、修篱笆，一天工资130元。

金岭坡村有30户村民，原来搬出大山的村民现在已经有几户搬回了村里。

刘新成说，焦作北部山区面积大、居住分散，除了极个别的单门独户外，凡是有五户以上的居民点，都已经修通了乡村公路，并且这些乡村公路在设计的时候就强调了一个"环"字，只要有路，汽车就可以一直向前开，所有的路都是相连的。

修武县有金云路、东虎路、青云大道、云台大道；沁阳市有尚伏路、沁紫线；孟州市有王园线、龙石线、获孟线；博爱县有月寨路；武陟县除了王园线还有朱东路、五老路；温县有王廷大街、南渠线、新洛路，等等，尽管这些乡村路名字各异，核心内容就一个字：好！

从南到北，从南太行的山区旅游景观路，到丘陵山地的田园过岭路；从平原地区的现代农业路，到黄河滩区的黄河风光路，焦作市"修一条路、造一片景、活一方经济、富一方百姓"的乡村公路建设理念，已经在全域4000多平方公里的古怀州大地上生根开花。

> 打个电话，沁紫路上的远程控制智慧限高杆缓缓升起，
> 一辆拉散装水泥的罐车就能通行了

站在沁紫路西段的限高架下，沁阳市农村公路管理所的马进忠拨通了沁阳市智慧交通网络的热线电话。

"你好，这里是沁阳智慧交通服务中心，请问您需要什么帮助？"

"我是马进忠，有一辆拉水泥的罐车要通过咱们沁紫限高架，麻烦你把限高杆升一下吧！"

"哦，马主任啊！好的，我已经在监控里看到水泥罐车了，符合要求，马上升杆放行！"

马进忠介绍说，投资装这套先进的远程控制智能升降限高系统主要就是为了加强对沁阳市农村路的日常管理："农村路修好了，必须管好；放弃了管理，前面修，后面坏，是对财政资源的浪费，老百姓也会戳我们的脊梁骨！"

焦作市农村路的管理从新建和提升开始就得以体现了。

焦作市交通局副局长李英豪说，焦作市委、市政府对"四好农村路"建设非常重视，具体的细节相关部门都制定了标准，譬如路和宅怎么分家、路和田怎么分家，造林绿化有技术标准，过村路段怎么整治等，甚至把

标准细化到了路肩、排水沟、游园、公交驿站、路边花池等的建设，即便是当地乡镇或者村组来实施的细节，交通部门也要跟进规划、设计。

沁阳市沁北小学有近400名在校生，校门前就是沁紫路，这条路提升的时候给孩子们用红色沥青铺设了1600米的人行步道，西沁阳村党支部书记孟祥联说，全校的师生和学生家长都很在意这条生命安全通道，大家都是这条通道的志愿管理者。

农村路提升后，沁阳市怀庆办事处阳华村村民苏海霞家门前的废弃地建成了一个小游园，尽管也有专人管理，但看到游园里的花草有点蔫了，苏海霞就会赶紧从家里提水浇灌。

在焦作，沿线群众自觉参与"四好农村路"管理的氛围已经形成。

不单单是保证路面整洁，还要把公交驿站里的凳子、汽车充电桩擦拭得干干净净

孟州市化工镇横山村是20年前从小浪底整建制搬迁过来的移民村。

2020年夏天，58岁的横山村村民李建涛有了一份新的工作，当上了"四好农村路"王园线过村路段的养护工。尽管这是一个每月有800元收益的公益岗位，作为手部有残疾的建档立卡贫困户，他对这份工作很满意。

"清清杂草、捡捡垃圾，活不算多也不算重，我管的这一段上午走一趟、下午走一趟，啥问题都不能出，管理光达标不中，得是整条路的先进才行！"李建涛管理的这一段有个公交驿站，驿站里的凳子、汽车充电桩他都擦拭得很干净。

11月6日至7日，2019年全国推动"四好农村路"高质量发展现场会在四川召开，焦作市在这次现场会上做了典型发言，孟州市也升格为全国"四好农村路"示范县。

孟州市有900多公里农村路,全市像李建涛这样的农村路养护工有400人。孟州市农村公路管理所乔绍文说,养护不单单涉及路域环境,从长远来看,路域环境的改善提升,直接关乎人居环境,直接影响县域经济发展;路域环境既能带动实体产业发展,又是脱贫攻坚的抓手,更是旅游人流的直接引领。

孟州市槐树乡源沟村位置偏僻沟壑多,农村路域环境提升后,流转山地的人来了,骑行的驴友来了,摘果子的人来了;散养的鸡卖上了好价钱,开发的民宿有人住了,沟里的吊桥成网红桥了,路边晒玉米的老大娘都成了摄影者镜头里最美的人。

李英豪介绍说,农村公路管养不是个小问题,焦作市目前正在推行"路长制"和农村公路管养设星定级活动,已经建立了县有路政员、乡有监管员、村有护路员的养护队伍,实行了县道县管、乡道乡管、村道村管的综合管养机制,确保农村公路养护常态化。

纵横的农村公路是伸向乡村的藤,藤上要开花、会结瓜

马进忠放行的那辆水泥罐车是往沁紫路范村地界送散装水泥的,那里正在建一座标准化厂房。

谁也没有想到,沁阳市紫凌镇居然是全球最大的头饰皮筋生产基地,全国80%的头饰皮筋都是在这里生产的,这里居然还有个"皮筋文化博物馆"。

"原来皮筋生产是很分散的,沁紫路提升以后,结合产业升级,市里临路规划了一个产业园区,不久一个'皮筋头饰旅游小镇'就要在这里诞生了!"马进忠说。

修武县云台山镇岸上村53岁的徐四新现在已经不是"村民"而是"老

板"了，他说，岸上村248户，家家开宾馆、商店，一年收入十万八万那都算少的了。

岸上村党支部书记郭军平说，村里没有贫困户。

孟州市会昌办事处寺沟村村民郭永孝在大棚里种了四亩"阳光玫瑰"葡萄："一个月前都卖光了，前几年葡萄熟了我要去郑州批发市场找客户，人家还嫌弃这黄河滩里的泥巴路不好走，现在这柏油路一修，葡萄不熟要货的就盯着，还要我开手机视频他要亲眼看。"

在焦作的农村公路上，参差不齐的原石变身为错落有致的彩色路缘石；一辆很有年代感的加重自行车成了3D墙体画的一部分；一艘废弃的挖沙船被改造成了"南湖红船"放在了路边党建主题游园里；不经意间，盛开的波斯菊花海就闯进了视野；极目远眺，正好看到"绿水青山就是金山银山"的标牌！

由线成网、由窄变宽，"四好农村路"，遏制了"城进村退"，正在绘制"城兴村荣"的乡村振兴蓝图。

选自《河南日报》（农村版）2019年12月4日

连翘之乡的蜕变

石拜军

石家河村位于甘肃省天水市秦州区秦岭镇西北部,距秦岭镇2.5公里,距天水市区约37公里,北靠藉口镇寨子村,东临秦岭镇白集寨、关家店村,南与秦岭镇郭家沟村毗邻,西与秦岭镇胡家山、蒿坪子村接壤,东经105.4263°,北纬34.4832°,海拔1600米至1800米,由石家河、唐家湾、白崖三个自然村组成。截至2018年年底,全村共有164户、745人。全村现有耕地2320亩,已基本实现梯田化。石家河村雨量充足,气候湿润,适宜各种农作物生长。主要农作物有小麦、玉米、洋芋等,复种少量荞麦;经济作物有胡麻、油菜等;经济林有山杏、毛桃、石枣、核桃等;主要中药材有连翘、金银花等。

石家河村依托得天独厚的自然资源优势和较为完善的基础设施,经过近些年的发展,目前已成为秦州区西南部一处乡村旅游休闲的好去处。特别是自2016年以来,因连续举办四届"连翘文化旅游节",俨然成为秦岭镇乃至秦州区一个颇有名气的村庄。说起连翘,人们就想起了石家河,说起石家河,人们会想起连翘。甚至,连翘成了秦岭镇的代名词,连翘产业成为秦岭镇致力脱贫攻坚、实施乡村振兴战略的措施之一。

连翘,又称黄花杆,属落叶灌木,枝干丛生,小枝黄色,拱形下垂,中空。叶对生,单叶或三小叶,卵状椭圆形,缘具齿。早春先叶开花,花冠黄色，一至三朵一丛，香气淡雅。果实卵状椭圆形或长椭圆形，表面生皮孔，是一种常见中药材，具有清热解毒、消痈散结的功效。1973年，由当时的天水市（今秦州区）卫生局率先引进连翘，在石家河村栽植，全村群众在景坡、堡子、山沟山、墩台、大咀等地栽植约500亩。2013年至2018年，石家河村将村内一部分土地和荒坡流转给天森药业，并成立了富民合作社，在堡子等荒山上进行了补栽，在红崖底下、平子地、漆家垭岘、小柳沟、大柳滩、吴家湾墼、马曲湾等区域的耕地上进行了栽植，总面积达1000余亩。经甘肃农业大学蔺海明教授组织的科研团队检测，石家河村生产的连翘连翘苷含量为1.48%（药典要求含量为0.15%），连翘酯苷含量为1.64%（药典要求含量为0.25%），分别高于国家药典标准的9.8倍和6.5倍。2015年，石家河村连翘通过了甘肃省道地药材认证。2017年，"天水连翘"成功通过了国家地理标志认证。

石家河村历来具有淳朴的村风民风和厚重的文化底蕴，基础设施较为完善。东西两条大通道及村内主干道均已硬化，新建两处山门，有一处集假山、凉亭、雕塑、花坛为一体的小广场，安装了太阳能路灯，实现了自来水户户通；有不完全小学一所，教师2名；有村卫生室及防保人员1人，小病能及时得到医治；实现了电信、广电、移动网络信号全覆盖；森林覆盖率高，生态环境良好；依托易地扶贫搬迁项目，新建两层小别墅式住宅23户，大部分农户自行筹资筹劳，改造了土坯房，人居环境逐步改善；约有三分之一的农户在城区购买了廉租房和商品房，为子女上学、进城务工创造了较为便利的生活条件；通过招商引资，先后建设了射箭场和秦韵山庄农家乐，旅游设施初具规模，游客可体验开弓射箭、划船垂钓等休闲娱乐项目，品尝农家美食……

我一直记得，连翘果成熟的时节，村里人采摘的热闹场面。

秋后的某个清晨,院子里的晾衣竿上,滴里嗒拉吊着几滴水珠。我从梦中醒来,发现外面下雨,心想,终于可以好好睡个懒觉了。但当我起身上厕所时,却发现父亲和母亲都不在。村庄后面的景坡和堡子上,人山人海,发出如蜜蜂一般嗡嗡嗡的声响。原来,他们去采摘连翘果了。那时候,连翘是集体财产,由村里统一管理,只是,村集体并不收取钱物。连翘果卖得的钱,归农户自己所有。为了保证连翘果的质量和产量,连翘果成熟之前,护林员每天都要巡山,发现有偷摘连翘果的人,会赶走,并通知给村干部,在村里喇叭上通报批评。连翘果成熟以后,村干部会在大喇叭里通知摘连翘,这时候去采摘,才算"合法"。但往往还没等到通知,某个下雨的清晨,地里干不了农活,人们会自发上山,采摘连翘果。一开始,护林员会制止,喊得声嘶力竭,赶走一些人,但来的人越来越多,他一个人管不过来,便只能任由人们钻进林子,再也不出来。无奈,护林员赶紧下山报告,村干部便放开大喇叭,通知所有人,每家每户都得到了可以采摘连翘的消息。

九点钟左右,父亲和母亲已经一人提了满满一竹笼连翘果,倒在廊檐下晾晒。母亲交给我一个打包带编成的小篮子,让我也去采摘。等我穿好衣服,父亲和母亲早已不见了踪影。我只好自己爬上山,钻进我常去的连翘林子。林子里到处都有人,连翘树上,果子和叶子都已所剩无几,显然,我是落后分子。最早上山的人,会选择人最少,甚至没有人到过的地方,那里的连翘果繁盛,饱满。第一批采摘的人,为了提高采摘效率,会把连翘果和叶子一起,从枝条上捋下来,丢进斜挎在胳膊上的篮子里,再倒进身旁的大背篓里。迟来的人,就只能从已经采摘过一遍的树枝上一颗一颗摘,能采摘到的连翘果肯定要少得多。快中午时,我听见远处传来了母亲的呼唤声,叫我回家吃饭。整整一个早上,我只摘得了一小篮子，篮子里没有一片树叶，干干净净。我回家一看，廊檐下的连翘小山又高了整整一层。与父母采摘的连翘果相比，我不仅摘得少，连翘果子也小了很多。

下午，天放晴，大多数人要下地干活。采摘连翘的大军里，几乎全是老人和孩子。孩子们相约在一处，围住一颗连翘树，抢着摘，比赛，看谁摘到的最多。老人们也相约在一处，手下快速地摘着果子，嘴里也没有停歇，拉着家常。以后的好长一段时间，孩子和老人的主要任务，就是上山摘连翘果。有时候，我偷懒不想去，母亲会批评我，并告诉我说，摘来的连翘果卖的钱，可以交学费，不去采摘，上学的学费就自己想办法。我便提着小竹篮，去找我的小伙伴了。

那时候，只要天晴着，每家人的院子里，都晒着连翘果，像一个个小小的酒壶，躺在阳光里，沐浴着温暖。连翘果晒干以后，会有人专门来家里收购。只见那人肩膀上扛着一杆大秤，东家进，西家出，连翘果子被装进麻袋，扛上那人的拖拉机或三轮车，冒着黑烟突突突地下山了。

这几年，村里青壮年大量进城务工，村里的连翘种植走上了产业化经营的道路，被统一流转给了一个药材企业，以及他们牵头成立的合作社。企业雇用村里的留守村民，负责连翘林的看护与补栽，同时流转了村里一大片平整宽阔的土地培育连翘苗，在秦岭镇及其周边栽植。连翘果成熟以后，企业雇用村里的留守人员上山采摘连翘果，摘得的连翘果由企业回收，用于药材加工，年底，给村集体和村民分红。

石家河村的连翘经过半个多世纪的生长繁衍，在创造经济效益的同时，也美化了自然环境。每年春季，漫山遍野的连翘花盛开，山梁披上了金黄色的盛装，吸引了众多游客赏花踏青，促进了石家河村乡村旅游的发展。

选自甘肃科学技术出版社《陇上百村纪事》

最好的江南小镇——荻港村

舒 乙

在著名的江南六小镇之外,我终于又找到一处,也许是更好的。它叫荻港村,在浙江湖州市和孚镇,位于浙江北部的最西边,差一点就到安徽省了。

说"更好",是因为荻港村更古朴、更完美、更幽雅,原汁原味,实属难得。

据说,全浙江目前仅剩25座古村。我看过其中三四个,说实话,感觉都不如荻港村好。

荻港村是个绝版。

荻港村不卖门票,没有指路牌,没有任何标志,没有导游,当然,也没有游人,完全是个世外桃源,自己活得有滋有味,优哉游哉。

竟是一块没被发现的净土,这还了得。

没被发现,是指没被现代商业运作发现,虽然,后者无孔不入。一旦被发现,又是开发,又是拆改,又是房地产,又是商业旅游,顷刻之间,便会面目全非。

幸亏没被发现,一切照旧,村子面貌大致维持在四五十年前的样子。

走进村子,一条小河纵贯东西,隔不远就是一座一座石桥,年头都在300年以上。两岸全是廊屋,街廊带棚顶,不怕下雨。房子一律木质,当街还用一块一块的门板，而不用玻璃门。临河的小店铺各式各样，卖什么的都有，但绝不是时装店，也不是古玩店或者文房四宝店，更不是旅游商品店。柜台里摆的都是生活必需品和食品，还有一些服务行业，比如理发店、小饭馆、油盐店、裁缝店等等，总之，都是为当地村民准备的。

我站在一家卖切面的小店前观看。只见来了一位女顾客，说要买馄饨皮。店主是一位五十岁左右的男人，他掀开白湿布，取出一摞用手摇压面机压好的宽面皮，摞起来有一寸厚，先用小木尺子量好馄饨皮的长和宽，用小刀切成小方片，多余的边皮去掉不要，留着回炉再用，再用带秤砣的杆秤约分量，重了取下来两张，轻了再添一张。一切都在顾客眼皮底下现场完成，十分规矩，虽然比较繁琐、费事，但是专为这位买主完成，可信度很高。女顾客付了钱，将馄饨皮放入小竹篮中，挎着满意而归。

我一下子看呆了。这种周到的服务真是久违了。

于是，我索性跨进店里去观察。我发现所有的机器都是手动的，没有电机，包括那台挺复杂的又老又大的切面机，店主人说这是他父辈传下来的。所有木器的造型都很古怪，一眼看去就知道很古老。经过询问才知道，那只像大水桶一样的家伙竟是以前烤烧饼用的烤箱，而另一只像马桶一样的大木桶竟然是专门设计的"钱桶"，来了铜钱就往里扔，现在废物利用当了坐椅。我暗想，这些独特的传统木器样样都有进博物馆的资格。

小茶馆里人满为患，全是老头，清一色，一人抱一个搪瓷缸——这是茶杯，聊得非常热闹。茶桌的造型非常奇特，而且陈旧，一看就是老玩意儿，长方形，茶客坐两边，专为面对面。座位是条凳，无靠背。

墙角炉灶边上放着起码三十个竹条编皮的暖水瓶。老头们看见有外人光顾,都极友善地主动搭话,很配合,愿意让拍照,可以随便录像。据说,偶尔有地县级的领导来视察,居民们还会主动夹道欢迎,鼓掌致意,仿佛是多年不遇的盛事——也是闲来无事,遇见一点小事,便很激动。顶怪的是,茶馆靠屋顶处有木杠,上面挂着一串大铁钩子,好像旧日猪肉铺里的肉架子。一打听,这是为远处的农民茶客挂东西用的,他们进村往往带着箩筐什么的,摆在地上碍事,不如挂在空中,又省地又保险。

理发座设在茶馆里,一切都是老式的,属于剃头刮脸那种,看着那老式的躺椅,那磨刮胡刀的皮子,真有种童年记忆的亲切。

天下着小雨,步行在廊街中,看着雨中安静的小河、石桥、小船、小店以及悠闲的村民,真是美不胜收,有一种步入仙境之感。于是,越加兴奋,逢桥便要上去站一站,哪怕是在雨中。站在桥中央,往左看往右看,可以看见上下河道的景致,也许能看出去五十米,也许能看不足二十米,这取决于河道的弯直。几乎隔几步就有一道下船的石阶,顺到河里,证明过去家家都有自己的船,乘着它去打鱼、采桑、出行办事。石阶、石堤、石桥都是用挺大的朱红色的麻石块筑成的,看上去很鲜亮。常有绿绿的无名植物由石缝中长出来,红绿相间,给敦实的石堤增添了不少生气。

村干部告诉我,这个村有4000村民,目前村民年平均收入9300元,不算低,多数在附近做工兼务农,很少外出,倒是有外地人到这儿来打工,说明这儿的生活稳定,自给自足有余。实际上村民做工是主要的,农业主要是鱼、蚕,稻已成了副业。白天上工,夜里回家干一干,农活也就顺手完成了。村民原来有一天吃四顿饭的习惯,下午三点还有一顿点心,很像英国绅士,吃点粥和豌豆饭,后者是一种用糯米做的凉饭,提前做好了，临时挖一点出来吃。有的还要吃半夜餐，日子过得十分安逸平稳。

荻港村是个古村，有千年以上的历史，而且有丰厚的文化底蕴，历史上这么个小村居然出过五十多名进士，近代又出了一大批留学生，以张姓、吴姓科学家、外交家居多。村口有两株粗大的法国梧桐，都已有百年以上树龄，还有一台手工压水灭火机，也是洋货，成为这里中西文化交流的见证。村旁有条河面相当宽的运河，是杭州经过湖州到太湖的水道，这是小村通向外部世界的交通要道，岸边全是水运货物的库房，如今多已作废，空闲在那里。夏衍先生改编自茅盾名著《林家铺子》的同名电影曾以这里为外景。

由于过去的文化辉煌和经济富有，先人们把荻港村建得相当有水平，它具备一切符合中国人审美观点的因素，是一座标准的江南美丽村庄。

而且，幸好这美丽还没被粗放型的现代化改造所破坏。

荻港村正好处在十字路口。

面铺掌柜告诉我，他的儿女已不愿意继承家业，不愿意再卖切面，已经离村远去。村中其他的年轻人也大多如此，难怪我看见的村民，十之八九是老人和小孩。

我还发现，村中个别的房子已开始扩建，拆旧建新，变成水泥的，变成外表贴白瓷砖的。

这都说明，荻港村也正悄悄地开始变。它要走向何方呢？

它可能要向周庄看齐，向乌镇看齐，然而，这是一条必然之路吗？

十字路口，十字路口，前面的路在哪里？

我相信，这是个很严肃很重大的问题，看似只牵扯一个小小的江南水乡，实际上关联着千万个中国古老农村的命运。到底，是拆了旧的盖新的，盖成和外部世界一模一样的呢，还是有什么其他出路？

这里头，可能首先牵扯到两件事：一是到底什么才算美，或者说，什么才是最有价值的；二是老式民居住着不舒服怎么办。前一个是判断标准问题，后一个是实际民生问题。

什么是最美的？鲁迅先生有一句著名的话，大意是越是民族的就越容易走向世界。这就是说，越是民族的、地域的、个性的，就越是能为世人所称道。

荻港村很符合这个标准。不要去动它，按着不动，原生态，原汁原味，就最好。反之，盖成楼房，贴了瓷砖，是不美，相对来说，是丑，对外人来说，是最不愿意看见的，因为全球化的楼房是司空见惯的，是常见，是共通，不稀罕了。物以稀为贵，这是朴素的真理，走到哪儿都一样。

对古城、古镇、古村来说，保持原真性、完整性、可持续性才是正确的准则，也是世界公认的重要原则，放在荻港村是最适合不过的。

从这个标准出发，对荻港村，要乡村振兴就要提倡原生态，提倡古镇及其建筑的外形外貌不动不变，提倡本地人不动不迁，提倡原地老物件不丢不弃。这四个"原"就是"原真性"的体现。

技术上越新越好，文化上越老越好，这是一个世界公认的定律。然而，在我们这里，那后一半，即"文化上越老越好"，却常常被当成错误观点甚至反动观点来对待，得不到认同。难怪，在我们这里，城墙保不住，胡同四合院保不住，古镇古村保不住，老是不把保护当政绩，只把建新的当政绩，盛行"不破不立"。

在意大利，在以古斗兽场为核心的罗马市中心区竟然是一片残垣断壁，一派破砖碎石，什么都不可动，都被视为无价珍宝，骄傲得不得了，说这才是最美的，为什么？因为它"老"，"老"就是人类文明的骄傲。

闹了半天，"老"才是判断美与丑的最高标准。

从这个观点看荻港村，它才是最美的，最有价值的，万万不可对它轻举妄动。

试想，如果北京的老城墙还在，成片的胡同四合院还在，北京早就进入世界文化遗产名录了，也会像罗马一样，每年引得全世界成千上万人来参观，不是吗？

湘西凤凰小城已经有了好经验，溪水旁的吊脚楼，外表都不动，还是木质的，内部现代化，结果，一个"五一"长假，引来了四十多万人参观，到了摩肩接踵的程度，当地村民都发了财。

所以，如果想不通，宁肯什么也不动，留给子孙后代去处理，而不把事情都在这一代人手中做完，后人也许比我们更聪明。

那民生问题怎么办？办不办？

也得办。不办老百姓不答应，年轻人不答应。

可以实行"四多"原则：修整内部实行多渠道投资原则，包括政府投资、个人投资、租用投资，这方面上海市卢湾区泰康路田子坊已经有很好的经验；实行多行业搭配原则，村里有最古老的有地方特色的行业和手艺，有家庭旅馆，还有时髦的商店，关键是不要千店一面；提倡多文化因素，有美术工作间和画廊，有美术写生基地，有设计创意公司；提倡多消费空间，有商业消费，有旅游消费，有文化消费，有服务消费。"四多"的动，可以在保护的前提下把古村引入现代社会，使之走出困境，养住人气，富裕起来。

还有一个"二先"原则要实行：一是先把基础设施工程做好，由政府用纳税人的钱来完成，让村民可以把上下水道、暖气、煤气、电等引入各家住宅，实现人居环境的现代化；二是要先把统一标准制定好，有法可依，准什么，不准什么，怎么改，都有标准，各家都要遵循，不可乱来。

万万不可把河道堵死，水乡水乡，就得有水有桥，这是灵魂，不可丢魂啊！

荻港水乡，是有极大魅力的中华文化的杰出代表，是无价珍宝，千万得保住啊！

荻港村小得不得了，在地图上都不容易找到，可是它又大得不得了，它代表着审美取向，代表着文化价值，代表着文明古村的命运和前途。它肩上的担子可真重呀，因为它最美丽、最可爱，也最脆弱，真怕它承担不起这么重的压力。

还好，它自己还什么都不知道，无所谓有压力吧。真正的压力确实存在，那就是急于去改造它，去消灭它。我愿它成为一个成功的典型，它也应该是这样的典型，因为它有着轰动世界的潜力。

选自《读者》（原创版）2007年第1期

孟津美丽乡村建设"两全其美"

吴向辉　吕继波

为贯彻落实乡村振兴战略"生态宜居"的要求,河南省孟津县委、县政府坚持以"建设好生态宜居的美丽乡村"为统领,以"人民对美好生活的向往"为目标,以"农业、农村、文化、旅游四位一体融合发展"为方向,全面推进农村人居环境改善、公共服务提档、社会保障提标等工作,以配套服务"外在美",助推生活方式"内在美"。

孟津打造出了卫坡、马岭、明达、卢村等一大批独具特色的"明星村"。2020年年初,孟津作为全国村庄清洁行动先进县被中央农办、农业农村部通报表扬。

以"村庄清洁行动"为重点让农村美起来

"以前,一到夏天村里就臭气熏天,到处是垃圾坑、臭水沟、柴火堆、破猪圈,这两年在县里支持下,我们村干部带头,改旱厕,硬化道路,建起了污水处理站、鱼塘,马上还要建篮球馆、农产品展馆。"孟津县常袋镇马岭村村民言语之中透着满满的获得感。

孟津县把农村生活垃圾歼灭战、农村生活污水攻坚战、农业面源污染防治战作为打赢实施乡村振兴战略这场硬仗的突破口,结合每周五"清洁家园日"活动,组织人员对全县村庄、道路沿线积存的垃圾进行全面排查，共清理村内沟渠坑塘 2300 余处、积存垃圾 63.2 万吨。投资 2500 万元，构建起"农户分类投放、镇村监督指导、公司收集转运"的城乡环卫一体化模式，建成镇级垃圾中转站 16 个，1 个农村生活垃圾转运县级调度指挥中心和 10 个镇级服务中心，实现村级垃圾中转站点全覆盖。先后投入 5 亿余元，建成 10 座污水处理厂和一座中水厂、一座污泥处理厂。目前，已建成村级污水处理站 34 个，累计铺设污水管网 41 万余米，改建水冲式厕所 2.5 万余座，"三改"覆盖率达 85% 以上，生活污水有效治理村已达 30% 以上。

以"创新文化服务"为支撑让农村雅起来

"这个书屋简直就是专门为我们建的，还装了空调，疫情期间这里成了我们的网络教室。"几个在卫坡村农村书屋读书的大学生如是说。

为巩固村庄清洁行动成果，该县在做好村庄立面美化改造和拆除违建房、危险房、偏杂房、闲置房的同时，实施"见缝插绿"、动员"拆墙透绿"、推进"拆违建绿"、落实"应绿还绿"，累计拆除农村违建房、危险房、闲置房 40 余万平方米，栽植绿化苗木 306 万株，建成"绿庄"106 个。此外，还在全县农村实施以每个村建一个乡贤标志、一个文化广场、一个主题游园、一条文化街道、一个村民办事服务中心为内容的"五个一"龙头工程。目前，已建成新时代文明实践中心（所、站）39 个，家风家训展示馆 22 个，主题游园 132 个。如今，在该县村级文化广场、文化大院、农家书屋、文化信息资源共享工程已经成为美丽乡村建设的标配。孟津县还持续实施文化惠民工程，对民间文艺进行保护传承，建起戏曲、秧歌、排鼓、舞狮、旱船等文艺队达 500 余支，成功申报了国家级传统村落 5 个、省级传统村落 8 个。

以"农旅文旅融合"为方向让农村富起来

"俺村这么偏,前两年都快没人了,自从杨书记包了俺村,修了路、埋了(污水)管儿,成立了艺术创作基地,好多人都回来翻盖房子了。"在 2020 年"五一"小长假期间,小浪底镇上梭椤沟村游客络绎不绝,日接待量达 1200 余人次,当地村民尝到了绿水青山带来的生态红利。

上梭椤沟村是孟津县村庄清洁行动成果的一个缩影。围绕历史文化深厚的优势,鼓励各镇、村结合本地区位、产业、文化和自然条件优势,突出地域特色,打造美丽乡村。相继建成庙护、梁凹、马岭、南石山、卫坡等一批以民俗文化、生态建设、历史文化为主题的示范村。其中,朝阳镇卫坡村已成为洛阳市乡村旅游发展的样板,梁凹村、马岭村分别入选"全国文明村""第二届中国美丽乡村百佳范例"。另外,县里利用区位优势、文化优势、资源优势转化为产业优势、经济优势、发展优势,依托"多彩长廊"国家级田园综合体果蔬采摘产业集聚群、小浪底专用线高效特色农业观光带、新 310 国道都市现代农业观光带、会小路沿线沿黄旅游观光带,建成 500 亩以上特色农业园区 55 个,将黄河绿道打造为网红打卡地。通过推动农旅快速融合发展,形成了"三季鲜花开放、四季瓜果飘香"的休闲农业格局。

积力所举无不胜,众心所为无不成。如今,孟津县立足清、聚焦保、着力改、促进美,将村庄清洁行动与农村生活垃圾污水治理、村庄绿化美化、发展乡村产业、建设文明乡风等有机结合起来,不断促进"外在美"向"内在美"转变,村庄持续"拆四房",河渠重点"清四乱",乡村颜值和气质不断提升,"绿树村边合,青山郭外斜"的美丽画卷在古津大地上逐渐铺展开来,不仅"留得住乡愁",还"看得见发展"。

选自《河南日报》(农村版)2020 年 5 月 19 日

春　孵

张　正

下乡做一项关于家庭养殖方面的调研，见了许多家畜家禽，不禁勾起我对小时候家里的母鸡"抱"小鸡情景的回忆。

我们乡下管"孵小鸡"不叫"孵"，叫"抱"，大概因为母鸡要把许多蛋"抱"在腹下的缘故。孵小鸡的母鸡因此又得了一个名字："抱"鸡。

二三月的天气，正是"抱"小鸡的最佳季节。这是农村人家一年一度的大事。春天"抱"下了小鸡，夏天才有笋鸡吃，秋天才有新鸡下蛋，数九寒天才有鸡汤喝。

为了"抱"小鸡，大人早早地断了我们吃的蛋，省下存起来，留着做种蛋。当然，家里有公鸡的才可以留，家里没有公鸡，附近人家也没有公鸡可"偷情"的，就拿蛋去有公鸡的人家换，人家可以把蛋卖给城里人吃，或者自己食用，公平交易。

并非所有的母鸡都有做鸡妈妈的权利。可做"抱"鸡的母鸡，有一种类似发情的表现，性情温顺了许多，动作慵懒迟缓了许多，不再上蹿下跳，喜欢咕咕地叫，变瘦了，也不生蛋了。出现这种特征的母鸡才可以担负起做母亲的责任。

事情不可能那样凑巧，有时候家里聚好了蛋，却没有一只母鸡能"抱"。这种情况下，不得不去别人家打听，哪家有多余的"抱"鸡，借来"抱"。

关系好的人家借就借了，无所谓；关系一般的，借方要送给主人适量的鸡蛋，作为借鸡、耽误下蛋的补偿，这也是公平合理的事。

最恼人的倒不是缺少"抱"鸡，而是母鸡"滥情"，一窝蜂地想"抱"，多了"抱"鸡。由于"抱"鸡类似发情的种种表现，光吃食不下蛋，影响了主人家的油瓶子和盐罐子，对于多出的"抱"鸡，主人家往往要采取严厉的"惩罚"措施：用布条或麻绳把"抱"鸡捆起来，半悬半挂在门闩上或者堂屋大桌的横杠上，直到它彻底改变性情。

这样的情景想起来就很残忍，像极了旧时追求爱情自由的女人，由于触犯了宗法礼教，受到家族势力的无情摧残。在这种"酷刑"下，大多数母鸡都能幡然悔悟，回到"正道"上来，也有痴情不改、反反复复的，下次有尊贵的客人来，这样的母鸡大多会优先招来一刀断头的命运。这是人类对禽类的暴行。

还是继续说"抱"小鸡的话。

"抱"小鸡的卧具最好是焐饭的矮木桶，桶里铺上稻草，垫上棉絮，做成很舒服的窝。窝里放二三十只蛋，多了母鸡照顾不过来，少了费工耗时，划不来。

母鸡坐进木桶后还要在木桶上扣上竹篾做成的罩子，在罩子上蒙上旧衣旧被。总之，照料"抱"小鸡的母鸡就像对待坐月子的女人一样用心。

我们孩子可受罪了，家里"抱"小鸡，我们连大声说话的权利也被剥夺了，更不允许弄出大的声响，必须保持十二分的安静——声音太大会"震坏"要出小鸡的蛋。

因为好奇，趁大人不注意，我们喜欢蹑手蹑脚地走近母鸡的"产房"，把耳朵贴在鸡罩上，探听老母鸡在里面做什么，还真能听到里面骨碌骨碌滚动鸡蛋的声音，那是老母鸡在用爪子翻蛋呢。母鸡用体温孵化生命期间，完全是尽心尽职的，也从不偏心谁，每一只鸡蛋都能平均得到它的"爱"。"爱护孩子，这是老母鸡都能做到的"，是高尔基的名言吧。母爱，有时在老母鸡身上表现得和人一样生动呢。

正在"抱"小鸡的母鸡每天只喂一次水和食。大人小心翼翼地把它从窝里捧出来，要迅速把蛋捂好，不能冷了。而暂时放出来吃食喝水的母鸡，饲料理所当然要优于一般的鸡，通常是白花花的米，直到它屙出一泡结结实实的屎，才算吃好。然后把它重新放回窝，继续工作。

喂食时我们看到的老母鸡，全身的毛蓬松着，真的像一个蓬头垢面、刚生过孩子的女人。

鸡蛋在母鸡身体下经过5天的孵化，要进行一次"照蛋"，这道类似B超查胎位的工序一般由经验丰富的老人承担。时间最好选在晚上，才能对着罩子灯的光亮，把蛋一个个照得透明。里面有暗斑的鸡蛋留下继续"抱"，没有暗斑的，淘汰出局，成了"旺蛋"，第二天中午一准炒了成为我们下饭的好菜。"旺蛋"，还有后面要提到的"全鸡"，大人不主张我们多吃，说是吃多了脑筋不好使，上学学不进去，不知是否有科学依据。我怀疑是大人在蒙我们。因为"旺蛋"的味道绝不同于普通的鸡蛋，"全鸡"的味道也绝不同于普通的鸡肉，都是难得的美味。

有暗斑的鸡蛋其实就是被确定已受精的鸡蛋，一个新的生命正在其中酝酿。

"抱"小鸡的工作前后要持续21天。到了最后一天，我们小孩子不知道关心，大人的心思已重起来，提前竖起耳朵留神"产房"里的动静。如果传出第一声叽叽的声音，无论对大人还是孩子，都是振奋人心的喜讯，那声音好比婴儿的第一声啼哭，在宣告一个新生命的诞生。

小鸡出壳的样子很有趣，它们自己会伸胳膊踢腿，挣脱蛋膜的束缚，扑棱着潮湿的小翅膀艰难地钻出来，一会儿身上的毛风干了，毛茸茸的，可爱至极。那一刻，做了母亲的母鸡和主人一样喜悦，它会不厌其烦地、适时地用长喙啄破蛋壳，"拥抱"新生的孩子。主人有时候也充当"助产士"，帮助小鸡破壳。

刚出壳的小鸡要和老母鸡分开，防止被挤伤，等小鸡出齐了，才可以统一由鸡妈妈带。也有少量"胎死腹中"的小鸡，那就是"全鸡"了，和着蒜薹烧，是一道叫人不忍释筷的佳肴。虽然"全鸡"身上有毛，肚里五脏也已成形，但因为是夭折，刚从蛋壳中分离出来，未食人间烟火，不脏。

一只母鸡一次能孵出的小鸡是有限的，能带的小鸡却可以很多。这边小鸡出壳，那边大人就要去集镇炕坊再捉回一批，一并交给老母鸡带。亲生的儿女也好，收养的儿女也罢，它都一视同仁。做了鸡妈妈的母鸡，成天带着儿女们在草丛里游玩、觅食。它的慈爱不逊于人类，找到了一只虫子，自己舍不得吃，咕咕咕地叫来儿女，啄成碎段，就差喂到儿女嘴中；下雨了，它会张开翅膀，为儿女们遮风挡雨，用自己的羽翼为儿女们筑成温暖的家；遇到猫狗一类的家伙，它会羽毛竖起，勇猛异常地用自己单薄的身体保护儿女们的安全……正是许多童话里描绘出的鸡妈妈的可敬形象。

小鸡出世，我们十来岁的男孩子又多了一件事：每天一大早被大人从被窝里拽出，淅淅沥沥地对着一只小碗撒尿。小鸡开饭了，我们制造的"童便"就成了小鸡们上好的饮料，据说对它们有强身健体的功效。

一位从事兽医工作的朋友告诉我，现在农村几乎没有人家有闲心自孵小鸡了，全部在炕坊买，而炕坊，电孵箱用的是电，摊床孵的管道里烧的是煤，都不需要老母鸡尽天职了。

这样说来，我小时候年年见到的"抱"小鸡的情景，也只能在我的记忆中重演了。可我担心，"天性"不改的老母鸡还会因为争取做母亲的权利而被悬挂在门后或桌下示众吗？

选自《读者》(原创版) 2007年第6期

在乡下坐公共汽车

毕星星

几年没有回老家,听说村里通了公交车。去县城,去市里,搭上车就走,一天好几趟,方便得很。这一次回家,我们执意不让朋友接送了,自己搭公共汽车回去。

一出火车站,迎面就看到广场上停靠着的大客车。前窗玻璃上斗大的红字:运城—高头,这个只有我们那一块才熟悉的村名,赫然写在了车牌上。心里不觉一热。生我养我的乡村也通了公共汽车了!和城里一样了!远行的疲惫一扫而光,上车了,一家人都兴致勃勃的。

在车里四下看,这明显是一辆旧车,不知道是哪个单位淘汰下来的。漆皮都熏黄了,起皱了,剥落的地方露出乳白,像开始蜕皮的活物。窗玻璃不全,有那么几块被什么砸打过,一道一道爆炸状的白线四处延伸,非常刺目。好多座位靠背不端正了,底座裂开,露出黄软的海绵。车厢里,浅黄色的浮土飘落,脚底泥土鞋印清清楚楚。一条拖把歪斜着靠在车后座上,布条一头糊着黏泥。看来天天跑乡下,泥啊土啊的,想干净也不容易。

车主是一个女的,见我疑疑惑惑,解释说:"跑村里,讲究不了那么多。要讲究,就没法跑了。"想来也是。这个线路,他们才跑了两年。当初她男人弄来一辆城里快报废的旧车,收拾收拾,就跑起了乡下公交。雇了个司机，她监车带卖票。乡里么，多会儿也比城里迟一步。乡下就是跟在城市后面撵。这不，城里汽车满了，乡下才开始有了线路。

到点了，司机一启动，"噔噔噔——扑踏踏"，车尾巴冒出一股黑烟，果然是旧车，年龄大了，咳嗽吐痰的，上路也没劲了，勉强着拉吧！

有乘客说："再等一会儿，咱村里一块进城好几个，还没来。"司机回头笑了："咱这车，只能有个大概钟点。村里人不会卡着点办事，你不等他，今儿黑了他回不去就撂在运城街上了！"说话间几个人气咻咻赶过来，跳上车。一车人终于出城了。

座位四周都是熟悉的声音，说着你熟悉的事情。车开后开始闲聊，知道了车主和司机都是我们邻村的，我小学时的一个老师就在他们村里。那一带农民的果园多，他们说了，老人在家里看梨树，有个女儿时常来往。"再见了给他捎个话，说他教过的小学生问候他！"后排座有两个50多岁的老汉聊起了30年前唱戏的往事，一个说："还是高头的家戏好，立孩打板，远近没比的！"一个说："唱戏还是到寨里村，人家戏台有卷棚，不怕飘雨。"听得我想笑，"家戏"是指村里的业余戏班子，这个立孩就是我表兄。线路也是典型的乡村线路。为了多串几个村子，上不了等级公路，走废弃的柏油路，走土路，一路黄尘翻卷，车窗里弥漫进浓浓的土气。闻一闻，熟悉的故乡味，不讨厌。七弯八拐的，停靠也没个准头。你要停在村口，他要停在村委会。还有一个老婆婆说："到了到了，再往前一些，到前头猪圈，看看我的猪喂了没有。"司机一边说笑，"停到你家炕头都行！"一边嘟囔，"咱这车，还能开快了？"

车过了舜帝庙，又一站，后面两个戏友站起来买票，要下车。车主扯了票递过去："一块五。""咯，一块二。"两人不干，要降价。

车主忙说："你算算，到舜帝庙不是一块五？"那两个却不耐烦："咯，身上只有一块二。"车主没有办法，只好让过两人。车门关上，还在愤愤地咒骂："等着，我就不信你一辈子再不坐车啦？再坐车，乖乖儿连这回一起补上！"

新鲜！在城里从来没有见过乘客跟公交车砍价，也从来没有见过听任乘客要走要停的。这大概就是费孝通所讲的熟人社会吧。乡村社会的特点，周围都是熟人。乡村的公交车，拉的也都是邻村熟人。一个公交线路，不外是一个放大的熟人圈子，一个流动的熟人社会，拐上几个弯儿全认识。他敢砍价，因为你是熟人。她敢赊欠，也因为你是熟人。熟脸儿，记死了，你跑哪里去？新公交，新事物，却还是行走在乡村的老习惯里。熟人社会自有它的规矩，温习温习吧，我心里有一种久违的味儿在翻卷，甜丝丝的。汽车磨磨蹭蹭，缓慢地在乡野爬行。田野开始暗了下来，风过来，玉米叶子发出"沙沙"响。泡桐树树冠大，枝叶繁茂，在村里连片，在地里成行，暗夜里挤挨着，排成黑魆魆的树影，在微明的光影里起伏连绵。有点点灯光，接着是狗咬，又一个村子到了。车停在街口一根水泥电杆下面。

车主喊叫身边一个老婆婆："你到了，下车吧。"

老婆婆一边叫"让开让开"，一边走到车门口，看了看："哎呀，这是我们村吗？这电灯耀眼的，我就瞅不着路。我不敢下去。"

车主叫住了一个小伙子："臭娃你去送一下，送到家，交到他儿子手里。背上，快背上，要不，咱们等到多会了。"

我看着表，足有20分钟，小伙子回来了。后面跟着一个中年人，千恩万谢的，看样子是老婆婆的儿子。

车主说："老了就糊涂了。你不送咋的？老婆婆要是走丢了，这一家可就乱了营了。咱多等一会儿怕啥，不就耽误一会儿工夫嘛。"

一时间我眼里竟有些湿湿的。我们在城里可见到过这样的公交车？城里人讲究高速度高效率，每一辆车都是死抠着分秒运营，到站"咯噔"一声，开门你下去，上几个，"吱扭"一声关上门开车。谁敢在一个站停20分钟送人等人？满车的乘客还不把你骂死。不是他们苛刻，那一头也等着他们按点上班。每个人都忙自己的，乘客谁都不认识谁，谁也不管谁。上车挨着，下车拉倒。城里的公交车，就像城里人的脸。汽车格式化地开，上车的板着脸，一百个人一个表情。

车是两种车，人是两路人，城乡社会两个运行机制。公共汽车上做好事，不是谁号召提倡出来的。熟人社会，熟人都是督察。熟人是档案，会记载你过去的一切，强迫你学好。周围都是熟人，你知道缺德的事情不能干。城里是人情让位给效率的，即使是一个找不着路的老太婆，到站也只能让你下去自己想办法。一车人等你，不合城里人的"效率至上"原则。

在城里，一辆高速行驶的公交车，到站，只能吐出那个老太婆，把她留在空旷陌生的广场自己想办法。两下比较，我还是能感到乡村浓浓的亲情。一车人，大家彼此关照，一人有难处，大家都委屈一点，施以援手就过去了。谁也不会机械地强调运行规则，影响了扶助老弱。乡村社会几百年几千年就依靠人情调节，其乐融融，宽容和谐。要效率还是人情，每每使人低回不已。

选自《读者》（乡土人文版）2010年第1期

悠悠行船逛窑湾

袁　敏

现如今有一个挺时髦的词儿——"愿景",它与我们以往常说的"远景"最大的不同,就是突出了人的意愿和希望。说到一个城市的飞速发展,我们常常会首先关注这座城市的交通状况:飞机、高铁、公交、地铁等是否发达、便捷?道路是否通畅?车辆是否拥堵?出行是否方便?这一切,或多或少都能体现出人们的生活质量。因为职业的关系,我经常会在各个城市游走,去过中国和世界的许多名城,说实话,每到一地,我最先寻找的总是那儿的书店和剧院,而最先关注的则是当地的交通。书店和剧院的多寡,能从某种程度上反映一座城市的文明程度;而交通的发达,则可以证明一座城市的经济繁荣程度。

不知从什么时候开始,我对一座城市的喜好和评判慢慢发生了变化,不再追逐飞机的一步跨越;也不再心仪高铁的日行千里;我对南来北往穿行在城市中的公交心生厌倦,我也替地铁站扶梯上、站台边那些永远行色匆匆的拥挤人流感到疲惫。紧张的节奏、忙乱的脚步、疲于奔命的追赶、迫于生计的竞争……一种无形的压抑,正在悄悄地蚕食我们鲜活的生命。我渐渐觉得迷茫,这其实并不是最好的生活。可是,最好的生活是什么样的呢?在当下这个飞速发展日新月异的时代,我们去哪里寻找久违的清静和安宁呢?当我和江苏徐州的窑湾古镇不期而遇时,我心中隐隐的燥热、焦虑，不明所以的压抑，瞬间退去，舒缓和清爽从全身流淌而过，清静和安宁扑面而来。江南多古镇，闻名遐迩的周庄、乌镇、南浔、西塘、甪直……我们随便就可以报出一长串名字。但近年来，各地对这些古镇的过度开发和商业包装，让这些原本素朴天然的古镇，失去了它们原汁原味的风姿，变得大同小异、似曾相识。尤其是包围着这些古镇的停车场，让比肩接踵的大巴、小面包、轿车，甩着尾气、载着雾霾，侵蚀着、污染着这些本来和城市保持着一定距离的古镇的清静和安宁时，我们会格外地向往那些尚未被发达的交通裹挟、还没有被无奈卷入嘈杂和喧哗的所在。

在我们面前出现的窑湾，就是这样一个让人清明、平和、无欲的地方，它是那样的古朴安详，又是那样的富有定力，外界的热闹、周遭的喧嚣，似乎都不能撼动它的每一座屋宇，每一条石径，每一处店铺，每一寸蓝天！

窑湾古镇位于京杭大运河与骆马湖的交汇处，三面环水，一面连着阡陌、幽巷、深宅、大院，是一座具有千年历史的水乡古镇，也是完好保存着清代和民国初期老房子的天然建筑博物馆。

我早就知道京杭大运河是我国古代重要的"漕运要道"和经济命脉，却不了解像腰带一样在窑湾古镇打了一个蝴蝶结的运河窑湾段，依托着水运优势，历史上也早就发展成为京杭大运河的重要码头和商业重镇。

听说明清漕运鼎盛时期，窑湾成为南北水陆要津，往来船只，南达苏杭，北抵京津，每临漕运旺季，倚靠着窑湾的运河，更是舳舻相接，樯桅林立，白帆点点，十分壮观。

到了清代中后期，窑湾更是成了苏北地区最繁华的码头和商旅集散地，南来北往的粮船、盐船、商船都会在窑湾停泊靠岸，小小的古镇，笙歌艳舞、纸醉金迷，被人们称为"小上海"。

可出现在我面前的运河窑湾段，却是那么安详，那么舒缓，那么柔软，那么深邃。这里水面宽阔、鱼虾丰富、两岸植被茂盛、四周环境幽美。曾经的繁华和辉煌似乎已经远去，但缓缓流淌的运河水面，却一点儿也没有感伤的咏叹，反倒是透出一种阅尽人世繁华后才有的淡泊恬静。

窑湾主街是一条幽静的古街，像一笔水墨，从西北到东南，甩出一条体态柔美的斜形弯街，街南边就是流淌不息的运河，运河水的颐养和滋润，让这条古街春温秋爽，四季宜人。青石板的街道，石缝里钻出青绿的小草；白墙黑瓦的民居，屋檐下滴答着漏夜的露珠。

古街在阳光下透出温润的湿气，似有氤氲从脚底升腾起来，溢散开来。在这条街上漫步徜徉，那些年头久远的会所、钱庄、当铺、私塾、作坊、藏书楼、名人故居，全都完好地保持着古旧的样貌。在这里，你仿佛可以听到脚下历史的回声，和着大运河的波涛节拍在低低吟唱；你似乎可以看到周边的历史遗迹，显现出岁月积淀的沧桑，向你演绎着久远的故事。

我信步走进一座古老的大院，没想到居然是一家创建于清康熙年间的酱园。酱园名号"赵信隆"，以传统手工技艺制作甜油、醋、豆瓣酱和酱菜等，尤以甜油集鲜、甜、浓、香于一体，营养丰富，名满天下。乾隆光绪年间，赵信隆甜油被本地官员贡奉皇宫，大获赞许，遂成为皇室御用调味品。

酱园现在的主人早已不是当年的创始人赵信隆，却沿用了赵氏酱园的名号。大院里、阳光下，那列队成行的一口口深褐色大缸，缸沿口上扣着一顶顶硕大的竹编斗笠；那堆成小山一般的圆口大肚瓦坛，状如一座座泥坯金字塔。

无论是大缸还是瓦坛，承载它们的依然是一个多世纪以前的那一片赵信隆的老宅地，青砖褐土，暗绿色的地衣，灰白的瘢痕，我仿佛看到了岁月覆盖在赵信隆酱园身上的包浆。

我不由得想起那年，写过一篇《徐同泰的诗和远方》。徐同泰也是一家老字号的酱油作坊，其传统手工技艺制作的酱油味道极为鲜美。

徐同泰酱油从不做广告，各大超市里眼花缭乱的各种酱油中也看不到它的身影，它简易素朴的包装，不屑沾染半点忽悠招揽之意，只在自己的专卖店或固定的销售渠道售卖，产品却供不应求。

当时觉得徐同泰逼仄的作坊场地大大限制了其发展规模，便问为何不搬迁到空阔之地以扩大生产？答曰：因为老作坊的气场和其经年累月积淀下来的气息无可替代！

今天走进赵信隆酱园，我看到了几乎同样的场景。虽然赵信隆甜油品牌声名远播，产品也是供不应求，主人却依然守候在这片狭小的空间里，完全没有一点搬离赵氏老宅的意思。老宅的方寸之地，规模自然不可能扩张，老宅中飘溢着的扑鼻酱香却绵远悠长。

我抚摸了一下阳光下的酱缸，似乎触碰到了它热乎乎的体温、清晰的呼吸和心跳。虽然我没有见到赵信隆酱园今天的主人，但我能感受到，这座古老的酱园隐匿在一座有历史的宅第里，所拥有的淡定和底气。

我不由得感慨，其实，有时候我们不必总是匆匆忙忙去追逐时代的脚步，我们不妨停留在历史的缝隙处，抚摸一下岁月的包浆，包浆里藏匿着风雨烟云，日新月异的新鲜中反而不一定有这样的气韵呢！

走出赵信隆酱园的时候，正午的阳光将一片灿烂的金色投射在对面的铺子上，金光里，一位满脸皱纹的老妪坐在一张竹椅上，她面前的小木桌上摆着几袋金红色的小虾干，虾干的口袋敞着口子，任凭路过的游人品尝。

我随便捞了一只虾干扔进嘴里，咸中带甜，虾肉很筋道、鲜美。一问，才15元一袋。我立马掏钱买了一袋，老妪接过钱，脸上露出富足的微笑。显然，她不在乎虾干卖出了多少钱，她开心的是自己亲手晒的虾干有人喜欢。

　　同行的老任在旁边的铺子里买了两把高粱穗子扎的小笤帚，一定要送我一把，我一看，那暗红色的高粱穗子打开就是一把美丽的干花，城里哪儿去找这样原生态的东西呢？

　　正想着，陪同我们走访的小王来招呼我们去品尝著名的窑湾船菜，食材都是运河和骆马湖里打捞上来的鲜鱼鲜虾、莲藕菱角，以及用它们精心烹调的菜肴。我们坐在船上，船儿慢悠悠地划行，看着运河边的古码头连绵数里，竖着桅杆旗的古木船随波漂流，船娘哼着动听的小曲咿咿呀呀摇橹，船舱里烹着的鱼虾河鲜香气扑鼻。有民谣唱道："船到窑湾口，顺风也不走。""日过桅帆千杆，夜泊舟船十里。"这是一种多么惬意的慢生活啊！我不知道，我看到的窑湾，没有车马喧哗，没有喇叭张扬，这是不是窑湾拒绝现代化交通的一种执拗固守？我也不清楚，徐州——这座汉文化底蕴极为深厚的名城，是不是在其交通枢纽的布局上，有意为古老的窑湾保留了一份原始的生态？我只是由衷地赞叹：在这里，水为路，船为足，悠悠行船逛窑湾，既是美妙的心灵旅行，也正是我心中神往的"愿景"。

选自《扬子晚报》2019年9月11日

记忆中的几座房

凉月满天

黑暗中睁开眼，不知道是几点，窗帘拉着，密不透风，看不见光线的同时，也丧失了方位感和方向感。时间像条河，身体在河里漂，随流漂荡，任意东西，一时间搞不清楚在哪里睡觉，睡的哪张床，脚西头东还是头北脚南。乱了，全乱了。

思潮涌动。

近40年的转徙，住过好几处房子。青砖灰泥也成了心头梦，这一点比较奇怪。

出生之地是一幢早已消失得渣也不见的、用碎砖土坯垒起的房。老旧的格局，糊粉连纸的小格木窗，夏天重重树影印在上面，秋天落叶打得噗噗响。最爱春早冬晨从外面透进来的一派清光。正房的木头门轴一推就吱呀呀地响——响彻了过去的老辰光。我跟着奶奶睡厢房，大冬天往被窝里钻着实是个考验，身子哧溜钻进去，一股凉劲儿从脚蹿到脸。房子紧邻滹沱河，风一刮沙尘飞扬，粗蓝布的被面上总蒙着一层细沙。下雨天院里一踩两脚泥，长大后头一回穿高跟鞋，乖乖，一个点儿两个点儿三个点儿。我哥说，你点豆哩？

14岁，放弃老房，从村中挪到村西，盖起一处新的。

小时候跟爹妈睡，大些跟奶奶睡，有了新房，想着终于能够独住一间，咱也有了"闺房",哪怕只是那个小窄条儿的筒子间呢。结果我娘毫不客气地说,那是要放粮食的!

不过好歹也在"闺房"里睡了一晚。新房刚落成,我自告奋勇去看房。有什么好看的!空荡荡的,请贼都不来。月华如练,我被渴醒,嗓子冒烟,觅水不得,跑院里拧水龙头,怒,居然一滴都不见。渴,是那处房留给我的第一印象。从那以后,离家读书,高中大学,这房和我的关系就不大了,也不亲。偶尔回一趟,躺在正房里的大炕上,一端是我,一端是爹娘。我爹的鼾声响彻黑夜,却怎么也刺不破浓重的暗,看着外面树影摇曳,虫声叽叽,好像有什么东西诡异地漂浮在云端,心紧缩成一团。

直到新房变旧房,墙面上红的绿的碎石子砌成的图案也因年深月久的烟熏火燎变成黑色,这个时候,我就从它里面,迫不及待地出嫁了。

先生家在邻村,不过三五里远。婆家的房柱四面贴瓷砖,墙面也贴瓷砖,淡青色,抻平是电光纸,团起来像一个个的青瓷碗。我做新妇,厢房装新,贴壁纸,挂窗帘,被褥金光闪闪,就是不敢睡——先生上夜班。要命的是屋里还戳一杆灯,脑袋是个球,底下可以挂衣裳,满屋的黑暗里它站在我的床前,让人不敢睁眼又不敢不睁眼。

院里有座月亮门,断砖墁的甬路两边种满月季花,一开香半年。院南是厨房,大风箱拉起来"咕——当拉——当"。饭桌就放在院中央,一盘腌黄瓜,一盘炒鸡蛋,一大锅绿豆粥,一饭篮白面馒头,就着花香吃饭,一餐复一餐,安静又简单。

不过一年,我带着先生转到我任教的一所乡下中学。在那里分了一间房,就一间。顶棚朽糟烂木挂灰线,抻上横七竖八的铜丝,往里面填挂历纸,墙壁刷石灰水。不足10平方米的小屋,一张双人床,一个电视柜,一台21英寸的电视机,外加一张大折叠沙发,人来客往不用客气,同居同居。

有课上课，没课我就用任天堂拼命在屋里叠俄罗斯方块，一玩一整夜，眼睛居然都没坏。没办法，天生丽质。先生上夜班，我还是怕鬼，还怕虫。

房子太老了，有一次睡到半夜，居然有一条蚰蜒宝宝爬上床，冲先生就是一口，疼得他大叫。

还怕去厕所。厕所离我们这排旧瓦房要多远有多远。旁边一棵大槐树，槐荫茂密，白天槐米槐虫掉一地，一派清凉，到晚上就像个绿巨人，从它身边过，身上落满眼睛，一边走一边在身上画十字，用外国迷信来对抗中国迷信。要不就背《红楼梦》里的诗，现在也忘光了。大槐树也被我忘了，像一段枯木，浮在记忆的河流中漂了一段时间，转眼间河宽流缓，影踪不见。

后来带着刚出生2个月的婴儿举家进城，83平方米的三居室，小鼻子小眼，青灰地面，奶黄板门，那时豪华得不行。

因为是一楼，带着小院，可以朝东开门，门外是农田，麦草青青，丝瓜花牵牵缠缠。过年，贴大红春联，小姑娘簪花戴朵放鞭炮，"噼里啪啦——咚！"10年的光阴扔进它里面，当时的满目新鲜也成了过往。忽然想起它，像一只手掏进脏腑里面，扯拽翻搅，牵牵连连地痛。

我的房啊，我的房！

在这儿我学会了随手关门，猫眼里看人，和先生打架。我咬他，他躲进厕所。我拿起一根气管，三两下就把门杵破了。打个架都这么激情四射。那时候头发乌黑发亮，眼角没有一丝鱼尾纹，嘴唇鲜红，心里有梦，不肯安分。

可谁又能永远那么快乐，那么年轻。

10年过去，再搬新房，偏远安静，窗下的小花园里有花、有树、有草，还有凉亭，一尾石头雕的金鱼被夕阳晒得金红。客厅连接阳台的方口被我设计成月亮门的形状，白纱飘飘，遮住天上的月亮。

在这里，一个人打电话来，我直着脖子说"喂"，声音像风撕雨扯的破布片。他说哎呀你怎么了。我心说，要不是我说不了话，怎么会歇病假？不歇病假怎么会上网？不上网怎么会捡到你？捡到了，又没有手机可用，下班回家就急扑电话机旁，来电显示上那一串号码烂熟于心。其实没有未来可讲，只有他赠的一套《中国通史》至今摆在书架上。年少轻狂，幸福时光。

我又搬家了。去年。

双阳台，双卫，三室两厅。大，可是空。它太年轻，没见过我的小女儿怎么渐长渐大，毛茸茸像青桃，当初不过是小杏；也没有见识过我和老公长相守中的刀对刀来枪对枪。霜晨雪早，鬓染微霜。所以这个地方还不算家，只是房。午夜梦回，总觉身在他方。

着了魔似的怀念五台山的一个场景：遍洒阳光的田畴，一个和尚着布袍戴斗笠，扶锄劳作，汗水在阳光下闪亮，旁边一幢茅屋。无忧无念，煮饭吃饭，躺在床上，他有没有想念过他生命中经历过的那些人和事，那些曾经住过的一砖一瓦的房？后来又为什么离开了？难道说只为了佛祖神仙？我没问，他也没讲，说到底人各有命，讲的是独自担当。

真是，这么频繁地换房是为什么？看似换了，忘了，转眼它们又一个个排好队，转个弯，偷偷溜进心房。每一处回不去的房，都是一个回不去的故乡。这么多故乡连起来，可真是水远山长。

水远山长。

选自《读者》（原创版）2008年第9期

家乡的土灶

肖建国

家乡的土灶很粗糙,大都用泥砖砌成,只有灶台表面才贴上瓷砖或用水泥提浆抹匀,平滑光亮,给人干净清爽之感。土灶之形宛若山里汉子,小口大肚粗腿,外表虽不光鲜,但结实耐用,憨厚朴实。

土灶烧柴。灶边一般都码满了晒干的秫秸、枯枝。清晨起来,扯一把绒草塞进灶内,点燃火,噼里啪啦,一碰就着,农家一天的希望也随着灶火燃烧起来。俗话说:开门七件事,柴米油盐酱醋茶。把柴放在首位,有柴就有了生机,可见柴对居家过日子是多么重要。

用土灶烧菜煮饭,最好是两个人同时操作。在我的家乡,一般都是男人掌勺,女人烧火,这时的土灶就成了爱的象征。男女心灵相通,配合自然非常默契,做饭就成了一种乐趣。女人会看着男人手上活计的快慢来掌握火候,切菜、淋油、放调料,男人快,女人也快。若男人准备不充分,要炒的菜不在手边,女人就会压低火焰,给男人充裕的时间。两人一个台上一个台下,边做饭边聊天,东家长西家短,春种秋收,来年计划,陈年旧事……说笑间,一顿饭就不知不觉地做好了。做饭的过程,也是情感积淀的过程。一顿饭下来,情意就更深一层,恩爱就多添一分。哪怕是极其平常的饭菜,一家人也会吃得津津有味。共同劳作,互帮互助,幸福的神情就在脸上飞扬起来。就是以后两人拌了嘴,生了气,这点点滴滴的恩情也会在两人心中回荡,那份温馨定能减轻一点对彼此的怨恨。

若一个人用土灶做饭,那神经就绷得紧紧的。既要淘米切菜,又要往灶里添柴,上一把下一把,不是糊了锅,就是断了火。一顿饭做下来没滋没味,身累心更累。没结婚的男人这时就想成个家了。从前,家乡的男人想女人不会直接表达出来,脸皮薄着呢,只说想找个烧火的。大嫂子小媳妇听后自然明白,就四处张罗开来。这种方式,现在仍有人沿用。

成了家的,若两人不同时上灶,一个躺着睡懒觉,一个在厨房里忙,内心自然不平衡。心不平则气不顺,吵架的事也就时有发生。《天仙配》里唱得好:你耕田来我织布,我挑水来你浇园。寒窑虽破能避风雨,夫妻恩爱苦也甜。用土灶做饭,也是一个理儿。

现在,村民们富裕了,买得起电饭煲和液化气了,但土灶依然占据着厨房的主导地位。村民们都很节俭,觉得电和气太贵,不应急一般不用。再者,用电、气做出的饭菜就是没有土灶做出来的可口。这一点,我深有同感。在南方,很多有钱人开着小车跑几十里的乡路,就是为了品尝用土灶柴火做出来的饭菜。

这次我回老家,自己动手煮饭,60岁的母亲为我烧火。一个眼神、一个举动,母亲就知道我需要什么,在我开口之前,她便指着瓶瓶罐罐说,这里是酱油,那里是盐……我便对母亲报以会心的微笑。几日下来,对家乡的土灶多了一些感悟,忽然明白有些人为什么那么爱吃土灶烧的饭菜了。土灶烧出来的饭菜有一种余温,这是电、气无法比拟的。电、气说关就关了,一点余温都没有,就如同今天的城市,在金钱交易完毕之后,剩下的只是冷漠,没有一丝温情。土灶不一样,停了明火还有暗火,暖暖地聚在灶内,给锅底奉献余热。这同亲情、友情、爱情一样,因为有真爱,即使分别,也会在暗中给你温暖。这种爱怎能不叫人感动呢?

我在想，等我老了，就带着爱人回故乡去，看看夕阳，散散步，做些力所能及的事情。一日三餐，和爱人一起动手，一个掌勺，一个烧火，其乐融融地过恬静的日子。

选自《读者》（原创版）2006年第11期

秋　晚

潘国本

傍晚，是乡村最富才情的一刻。西行的太阳，已失去中天的威严，一转身，成了一位艺术家。阳光穿过竹林的一刹那，灵感来了，就着柔光和阴影，调和出金黄和淡灰两种底色，将一幅气势恢弘的油画勾勒在门前场上，脚踩不乱，帚扫不去，大笔铺陈也快意修改，激情时，一秒前和一秒后就是两幅杰作。这时候，云修炼成霞，风携足了情，天地全醉了。

每当晚霞游弋西天，家犬也哄上了，跑过去把鸡鸭也赶进画卷。孩子放学了，一出校门，便信鸽一样飞起来。一个光头，不向前，他转过身来，背了方向退回家去，这好玩得多啊，一下又跟上了3个，本来双肩背着的书包，移到了胸前，荡在颈项。那辆早出晚归的摩托也回村了，那是在城里做油漆的后生收工了，把刚学上口的新歌，连同没有用完的活力，洒了一村。男人呢，男人已拿毛巾到了水边，洗着一天的风尘；孩子呢，孩子在执行妈妈赶羊的盼咐，且已爬到那头最结实的公羊背上了。乡村的孩子，都有这种智慧，即使在做事，也有法子做成一种游戏。

乡村的傍晚是从容的。风儿漫不经心，似已忘记了方向；只会吟一句诗的蛐蛐，也不怕贻笑大方；趴在石板上赶作业的小毛，也不会忘记咬着妈妈备好的菱角。最自在的,可能还数那伙麻雀,"嘭"一下起身,"嘭"

一下又落到榆树枝丫上，已经没个队形了，还抢着发言，有多少只麻雀就有多少个姿态，有多少个姿态就有多少种唧喳，痛快不痛快？

乡里的傍晚是不讲究主题的。小猫散步，烟囱冒烟，随意；上小店切几两熟肉，在门前聊"山海经"，随意；淘米、浇菜、捉蜻蜓、跳牛皮筋，都自便。留不住一句隔夜话的云姑就更是如此，你碰上她，就别想走了。她要告诉你立秋种下的萝卜出苗了，她要告诉你她家的母猪昨晚产了13个崽儿，要说一个南瓜18斤，要说她家妞一餐能吃3个馍，一直说得忘记太阳会西沉，忘记她究竟是来做什么的。当然，也有扣牢主题的，比如从缝纫厂下班的二婶，此刻她急了要到河边洗山芋，还要收衣裳，喂猪食，她要把省下的时间交到在外打工的男人手里，让他多多赚钱，准备足大学生儿子的开销。她寻了个茬儿，离开了。但粗心的云姑能想到这些吗？二婶都转过身了，还有噼噼啪啪的声音追过去，一直跟到河边，化成二婶手边的涟漪。

乡村的夜，好像是猫着身子进村的，轻轻地，悄悄地，吊在上笼花鸡的尾巴上，挂在回圈山羊的犄角上，跟在二婶的脚步后，一进屋，先在猪圈边做一个窝，然后，再缓步走到堂前。赶了一天路的帆布鞋，歇在石墩上了；揽了一天泥水活的铁锹，又锃亮锃亮的了；粪桶、锄头、畚箕，坐的坐了，躺的躺了，准备好好睡上一宿，明天再助主人劳动致富。

水缸里的水满了，粥锅揭盖了，粳米的香味弥漫了一屋。带壳的盐煮花生，酱红了皮肉的菜瓜，已在桌上，抢说着主妇的麻利。堂前那盏40瓦的白炽灯，接替了昔日的油灯岗位，在招呼一家人的晚餐。

选自《读者》（原创版）2007年第10期

黎苗山乡种养"老行当"擦亮"绿色牌"

王晖余　罗江

在海南省琼中黎族苗族自治县干埇村山鸡养殖基地里,郁郁葱葱的橡胶林里坐落着一栋栋标准化养殖大棚。基地饲养员、脱贫户覃国光按下自动饲喂机按钮,饲料便顺着管道投入各栏舍。

"两万多只鸡,6个饲养员就能完成喂料。"他自豪地说,基地里处处都是"高科技"。此外,各个栏舍底部铺设了锯末、稻壳等有机垫料,并添加微生物益生菌发酵垫料降解鸡粪,不仅减轻臭味,还能形成有机肥,实现生态养殖"零排放"。

干埇村村民本就有养鸡传统,过去家家户户养几十只鸡自给自足,或拉到乡镇集市零散销售。如今,得益于生态养殖造就的高品质,村里基地的"琼中山鸡"连续三年成为中国极地研究中心的选用食材,还与上海第一食品连锁超市签订了超过500万元的合作协议。

"山鸡不愁卖,我们的工资、分红也有保障。"覃国光说,他和母亲都在基地工作,两人每月工资共6000余元,加上年底分红年收入近9万元。

饮山泉食百草的羊、不回家的牛、河边吃草的鹅……不仅"琼中山鸡",琼中种类丰富的畜牧产品很多都贴上了"琼中美味、山里好货"的标签,远销岛外,广受追捧。

近年来,琼中培育"琼中畜牧"品牌,从种苗、防疫、饲料到检疫等环节实行标准化管理，完善低温冷藏库、生产运输车等配套设施，引入精深加工生产线，畜牧业全产业链综合效益大幅提高。

巍巍鹦哥岭雨林繁茂。与琼中一山之隔，白沙黎族自治县也坐落在海南中部生态核心区。由于山高路远、贫困落后，两个县曾被民间俗称为"一琼二白"。

近年来，当地黎村苗寨"变现"生态优势，传统种养"老行当"擦亮"绿色牌"，走上品牌化之路。曾经的"烫手"山货成了抢手货，农民产业致富路子越走越宽。

从黎族群众的传统口粮变成市场青睐的优质粗粮，白沙山兰稻焕发出新的价值。

"过去大米不够吃才种山兰稻，没想到现在能靠它挣钱。"青松乡青松村村民张万成说，直到20世纪80年代，这个山乡的农民还靠山兰米补充口粮。随着生活水平不断提高，低产的山兰稻几乎被高产水稻完全取代，种植面积锐减。近些年，他在政府引导下重新种起山兰稻，一年能增收4万多元。

政府推动山兰稻商品化，引导青松乡农民规模化生产，种植面积从1000余亩扩大到4000亩。同时，推广"山兰陆1号"等高产新品种，改良耕作方式，平均亩产从约150斤提高到220斤以上。山兰稻越来越"值钱"，质量最优的产品，能卖出近百元一斤的高价。

"山水白沙，天赐良食"。白沙全域农业公用品牌"白沙良食"涵盖了山兰米、百香果、地瓜、紫玉淮山等特色生态农产品，实行统一品控、统一包装、统一物流。

互联网更让山里好货插上了飞出深山的"翅膀"。短短四年间，元门乡福才村成为远近闻名的"电商村"，"福才地瓜"声名鹊起。过去，"福才地瓜"在当地小有名气，出了白沙却无人知晓。在白沙电商办工作人员指导下，全村67户村民里有45户开起网店，写文案、拍照片、学运营，自家种的地瓜一举打通县外、省外销售渠道，价格也由每斤4元提升至每斤8元。

"品质决定口碑，'白沙良食'件件都有'身份证'。"白沙县电商办主任符志锋介绍，白沙设计了统一的"白沙良食"卡通文创包装箱，并为农产品搭建了产品溯源系统，支持"一村一码、一社一码、一户一码"，确保货真价实的白沙生态农产品送到消费者手中。

黎村苗寨瓜果飘香。"养在深闺人未识"的生态农产品纷纷"飞"出深山，好山货真正让黎族苗族群众过上了好日子。

选自"新华网"2020年7月17日

百年老树开枝散叶带出扶贫大产业

赵书华　高振发

一棵生长在阴坡台地上的野生狮子头文玩核桃树，在山中凉爽舒适的气候中，摇曳着婆娑身姿，褐色的叶子随风舞动。

历经百年风雨，它见证了当地一辈又一辈人土中刨食、为穷所困的无奈。而今，在精准扶贫精准脱贫的沛雨甘霖中，它终于化成一方百姓的"摇钱树"。

探寻一棵老树与一个特色扶贫产业的故事，不仅能感受到当地干部群众向贫困宣战的艰辛与决心，更能感受到河北脱贫故事的生动与美丽。

百年老树虽是棵"摇钱树"，但一棵树却不能带富一方百姓

河北省涿鹿县南山区南将石村地处河北涞水、涿鹿和北京门头沟的交界处，四周森林茂密、山谷幽深。就在这么一个偏僻的地方，生长着华北地区唯一一棵树龄200多年的野生狮子头文玩核桃树。

近日，记者来到这棵核桃树下。仰视着核桃树的一枝一叶，52岁的南将石村党支部书记刘启全，深情地讲述起这棵野生老树的历史。

二十世纪七八十年代，南将石村主要以种植核桃树为主。秋天，其他树的核桃个个仁粒饱满，唯有这棵树上结的核桃头尖底大，皮厚仁微，只能混在成麻袋的核桃中掺假充数。后来，有个挎着书包的陌生人专程

从北京来到这里,以几毛钱一个的价钱,买走一些青皮核桃。头脑灵光的村民才渐渐知道,原来这种核桃不能食用,另有价值。

"食用核桃论斤卖,文玩核桃论个卖。"老核桃树的价值被重新评估,村民争相承包,承包费从最初的每年100元,涨到每年1.3万元、1.6万元、9.8万元,最高时一年的承包费达36万元。承包者中,就有刘启全。

正是由于承包老树,刘启全得以与京津等地的文玩核桃界人士相识,进而了解到核桃文化以及"南将石狮子头"的尊贵地位。

文玩核桃起源于汉隋,盛行于明清。把玩核桃,不仅有助于锻炼身体,更因核桃经把玩之后通身红润成为一种艺术品,深受人们青睐。

而在众多品种中,"南将石狮子头"因其外表敦实饱满,筋纹如沟如槽,皮质厚实细腻,把玩之后可达到玉化,格外受到核桃把玩者的追捧。2005年,随着文玩核桃市场的升温,一对上等的"南将石狮子头"核桃价格达上万元,在北京市场小有盛名。

2006年,刘启全成为一名村干部。此时,他早已不再承包老树,而是把精力放到培植更多的文玩核桃树上。凭借30年前父亲嫁接成活的一棵文玩核桃树,他发现,依托当地独特的土壤气候,通过从老树上剪取枝条,可以嫁接出更多的文玩核桃树。在他的带动下,有少数村民开始嫁接文玩核桃树,但大多数村民并没有意识到文玩核桃树的潜在价值,仍靠外出打工为生。当时,村民房屋破旧、生活拮据,只有56户116口人的南将石村,光贫困户就有35户。刘启全发誓,一定要让村民过上好日子。

"从一棵老树发展到一个规模化的产业,如果没有各级部门的帮扶,没有党的脱贫攻坚政策,是绝对不可能的。"环顾沟底坡沿上一棵棵挺立的文玩核桃树,刘启全说。

科学技术犹如甘霖，百年老树"开枝散叶"化身千万棵"摇钱树"

狭窄的道路通向幽深的山里，透过两侧蓊蓊郁郁的杂树，不时可见一块块由土堰垒就的废弃梯田，巨石巉岩不时从旁边横斜而出。位置偏僻、交通不便、资源匮乏，涿鹿县南山区的自然条件，成为贫困地区发展所面临的困境。

涿鹿县南山区组织部部长宋军介绍，由于地处深山区，包括南将石在内的一些深度贫困村，石多地少，过去人均仅有0.8亩地，只能种点玉茭，但下一场大雨，庄稼就被冲没了，有的村民只能以养羊为生。随着2003年全部退耕还林，山上禁牧，养羊的村民只得另谋生路。虽然村民还有一点杏扁，但也卖不上几个钱。长期以来，当地村民生活非常贫困。

随着扶贫开发工作的深度推进，如何找到一种既能保护生态，又能让百姓致富的产业，南山区干部用尽心力：由于生态保护，当地不能发展工矿企业，不能发展旅游业。发展什么？2012年，经过思考，南山区委区政府决定将文玩核桃作为扶贫主导产业来发展。

发展文玩核桃产业，首先面临的是技术上的难题。走访中，他们了解到，种植文玩核桃树虽然效益可观，但树木嫁接成活率很低；核桃花皮、白尖现象严重，每当秋天核桃下树时，一棵大树数千颗果中能配成对的好核桃极少。

这道难题如何破解？宋军介绍，当时，在南山区的沟峪之间，几乎每个山村都驻有帮扶工作队。一位在朱家峪村帮扶的驻村第一书记提到，她跟河北农业大学教授李保国是同学，可以邀请他来看看。听闻此信，大家欣喜不已，每天都在期盼着这位"大山教授"的到来。

李保国教授来了。那是2012年5月的一天。

当时，李保国的心脏病已经非常严重，所以，爱人郭素萍也跟着来了。一下车，郭素萍的第一句话是："先找个清静的地儿让他歇会儿，刚给他吃了药。"休息了一会儿，李保国教授缓过劲来，就开始听取介绍，并很快上山给村民现场指导去了。"从没见过像他那样的教授，不说休息，只说工作。他不光讲解理论，更重要的是亲手给你做示范。那天的晚饭是在乡里吃的，但谁也没想到，吃完饭，李老师又到村里来了，为村民又解答了好多问题。临走，还把自己的电话留给每一个农民。"始终在现场的刘启全说。

那之后虽然李保国没再来，但李保国科技团队的成员，或前来或通过电话，一直提供技术指导。

解决了技术之忧，接下来的工作是：建设一处苗木基地，培植幼苗10万余株以供村民栽植。

建设苗木基地，需要流转土地45亩，涉及村民20多户。当时，沟坡上正长着一棵棵碗口粗的杏树，虽然杏树不值钱，但长成不易。干部们一遍又一遍做工作，村民们就是舍不得。村干部白天做工作，晚上开会研究解决方案，终于做通了村民的思想工作。

为鼓励贫困户嫁接文玩核桃树，南山区政府出台政策，每个接穗补贴100元，每户平均补贴2000元，目标是实现全区"人均3棵，户均10棵。栽下文玩核桃树，全家来致富"。

为让更多贫困户嫁接文玩核桃树，刘启全和村主任刘杰等组成技术小组，为村民提供嫁接服务。

八旬老人刘茂因为不懂技术，一直没有种植文玩核桃树。现在，借助政府的扶持政策和村党支部的帮助，通过实施高接换头，他也有了一棵文玩核桃树。头年嫁接的一截接穗，第二年就长出数尺长的枝条，第三年枝头就见果了……

在南将石村的典型示范下，附近更多的贫困村通过从南将石村购买接穗，以"合作社＋基地＋农户"的脱贫模式，发展起了文玩核桃产业。

截至目前，涿鹿县南山区已有文玩核桃树 18 万棵，覆盖 82 个村庄，年产值达 2000 余万元。

扶贫政策东风频频，一棵老树催生扶贫大产业

不见机械，没有厂房，道道山沟里是一棵棵茁壮成长的文玩核桃树，一片片郁郁葱葱的文玩核桃园。2015 年，涿鹿县在南山区建设了文玩核桃科技生态产业园区，加快推动文玩核桃产业真正成为可持续发展的致富产业。

2018 年 5 月，南山区成立文玩核桃研究所，旨在推动文玩核桃科学种植、优选优育，并在未来行业标准的制定上有所作为。自李保国教授团队在这里开展技术服务以来，通过实施花期授粉、施用钾肥等，这里的狮子头文玩核桃树的嫁接成活率从原来的 20% 提到 90% 以上，原有的果实花皮、白尖现象基本消除。

种植没啥问题了，可销售却成了问题。在南将石村邻近的 241 省道沿线，常年有人摆摊设点兜售文玩核桃，无序竞争使"南将石狮子头"的品牌美誉度受到影响。兴建一个专业产地交易市场已成当务之急。

可建市场的资金从哪里来？

作为南山区的对口帮扶单位，中煤集团累计投入文玩核桃产业帮扶资金 495 万元。

对于中煤集团挂职南山区副区长的韩友永来讲，市场建设关键时期，无论是市场建筑材质的选择，还是一块牌匾的设计，几乎每个细节，他

都要和刘启全讨论。

在中煤集团帮助下，仅用两个多月时间，南将石文玩核桃产地交易市场就建成了。

2019年9月11日，南将石村首届文玩核桃节在新落成的交易市场举行。来自北京等地的众多知名核商及400多名文玩核桃爱好者纷纷到来，昔日穷困、落后、偏僻的小山村沉浸在产业兴旺带来的繁华与喜庆之中。

2020年4月11日，省委书记王东峰到张家口调研脱贫攻坚工作，来到南将石村听取当地文玩核桃树种植和产业发展情况。

在这里，他还巧遇接替李保国教授来此开展技术指导的郭素萍。

见到郭素萍，王东峰亲切鼓励道："广大科技工作者要主动走出科研院所，服务贫困地区，为贫困地区产业发展提供有力的科技支撑。"并嘱咐她要多注意身体。脚上常年沾满泥土的郭素萍感谢王东峰的关心，决心将更多科技成果更大力度、更广范围地嫁接在贫困地区的果树上，早日让贫困群众享受科技带来的累累硕果，稳步走在小康路上。

历经沧桑，老树见证百姓美好生活

走进村民闫桂起家，洁净的农家小院里，两棵文玩核桃树亭亭如盖。新翻盖的房屋漂亮整洁，室内陈设一应俱全。作为贫困户，50岁的闫桂起曾经长期在外打工，如今，他不仅自家拥有文玩核桃树200多棵，还作为技术能手，经常到研究基地嫁接文玩核桃树，每月工资2000多元。问起家庭年收入，他低头想了想，不好意思地说："也就20多万吧。"旁边的人笑着"揭底"说："不止吧。"

穿行在整洁的南将石村，新修的道路通到了家家户户门口。道路两旁、房前屋后，到处都是文玩核桃树。每个庭院，都是一个绿色画廊。通过栽植文玩核桃树，村民不仅增收致富，还美化了生态环境。村党支部书记刘启全自豪地说："坐在家里，看着树长，就能挣钱。这样的惬意和幸福，谁又能想象得到？"

山坡下，那棵历经200多年风雨的野生老核桃树，作为一种文化传承的象征已被保护了起来。老树四周圈起了护栏，周围安装了监控。

经历了贫穷，更目睹了富足。时光流转，这棵老树在青山绿水中更加枝繁叶茂，满枝的硕果，诉说着新时代的脱贫攻坚故事，悄然将一段段改变落后面貌的传奇刻入它的年轮中。

选自《河北日报》2020年7月14日

发现"微"典型 讲好"微"故事

黄海波 徐海波

在湖北省罗田县九资河镇大地坳社区的乡村舞台上，用身边人演身边事，用生动的形式讲述深刻道理的小品，颇受当地农民欢迎。

小品是大地坳社区农民艺术团演出形式的一部分。这个成立于2013年的艺术团，现有21名成员，全部都是周边村庄的农民。他们都是白天下田做农活，晚上在家排练节目，除了为本社区演出，还经常受邀去周围村庄演出。

"我们现有30多个固定节目，能够独立支撑两场晚会不重复。"大地坳社区农民艺术团团长朱艳巧说，"队员们年轻时都有过'文艺梦'，现在大家生活好了，有时间有条件唱歌跳舞了，这不仅能给村民带来欢乐，还能宣传党的方针政策。"

位于大别山地区的罗田县正在积极打造"一村一支文艺宣传队"，截至目前，类似大地坳社区这样自发组成的文艺宣传队已有200多支，开展文艺演出超过2000场。

平日调解邻里关系的社区工作者，拿起方巾摇身变成甩袖的舞者；围着锅碗瓢盆打转的婆媳，穿上旗袍撑着油纸伞，俨然是从江南水乡里走出的温婉女子……

文艺宣传队从日常生活中发现"微"典型，再通过文艺节目讲好"微"

故事。

优秀纺织女工、全国劳模汪丽红，"大别山牧羊女"、全国人大代表刘锦秀，全省青年创业标兵、大学生牛倌贺根等先进典型，通过文艺宣传队的节目，和老百姓距离更近了，事迹更活灵活现了。

"这么说吧，以前咱俩可能有矛盾，但看演出的时候我刚好坐你旁边了，一来二去矛盾也就缓和了。"大地坳社区工作人员张军解释了文艺宣传队的特殊作用，"我们用身边事写成剧本，用文艺汇演联系情感，还能更好地宣传党和政府的好政策。"

随着精准扶贫有力推进，罗田县组织全县深入开展"真心实意谢党恩，自力更生奔小康"主题宣传活动。各村文艺宣传队积极行动，创作出一大批作品，宣传党的政策方针、歌颂各行各业先进典型、表彰自力更生的脱贫家庭，为脱贫攻坚和乡村振兴输送"精神动力"。

选自"新华网"2019 年 7 月 16 日

七十年间有大别

徐海波　甘　泉　陈　诺

一寸山河一寸血，一抔热土一抔魂。

大别山，横亘神州大地中央腹地，绵延千余公里，大别于南北。革命战争年代，大别山是一座英雄的山，200多万人投身革命，近100万人为国捐躯；建设、改革时期，大别山是一座奋斗的山，昔日贫穷落后的大山沟，如今已是绿色发展的先行者。

奋斗的山：拼与搏的故事会

大别山南麓的湖北省浠水县，十月村。

这是一个普通的村庄，但村名源于给中国送来了马克思列宁主义的"十月革命"。

新中国成立之初，十月村党支部率领村民创办农业合作社。从此，"十月"唱响全国。

20世纪80年代，十月村党支部带领群众大胆探索，闯出一条"工业富村"的新路。

走过近20年的辉煌，村办企业发展面临挑战。十月村党支部带领群众加快转型，建设一批商贸市场。2018年，十月村跻身全省经济百强村。村集体资产8.9亿元，人均可支配收入2.15万元。家家户户住进小洋楼，开上小汽车。

"一个小村庄谱写了一曲动人的奋斗之歌。"透视十月村的发展历程，湖北省人大常委会副主任、黄冈市委书记刘雪荣不禁感慨道。

与十月村隔着大别山遥遥相望的佛子岭水库，宛如一条长龙横卧在崇山峻岭之中。坝身上写着八个大字：

"一定要把淮河修好。"

几十年前，这里是一派火热的建设现场。为了治理淮河水患，国家计划在淮河上游兴建山谷水库群以拦截山洪。

1954年11月，佛子岭水库竣工，大别山深处的建设者用2年10个月时间创造了新中国奇迹。随后，一批批水利工程相继在大别山建成。从那时起，"一年大水三年旱"的六安大别山区开始"吃上大米饭"。

1991年，大别山深处7岁女童苏明娟一双饱含"我想读书"执著渴求的大眼睛，出现在"希望工程"宣传画上。

这双大眼睛成为一扇窗户，让越来越多人看到了大别山深处的贫困，一批批爱心人士从祖国大江南北会聚，再次"挺进大别山"。

1993年，江苏昆山退休教师周火生从报纸上获知金寨县成立了全国第一所希望小学的消息，便寄过去第一笔助学款。由此，源源不断的善款从全国各地涌向大别山，一批批受助学生先后进入大学，走上工作岗位，反哺社会和人民。

钱来了，技术也来了。1986年，国家科委提出科技开发大别山，三十余年间超过2.7万名科技人员走进大别山。患癌症刚动手术的任立中教授，一边化疗一边进山，传播板栗丰产技术；宛志沪教授在山沟里翻了车，怀里紧抱着她培育的西洋参种苗，从此来自东北的西洋参在大别山扎下根。

路也通了。1993年，数万铁路勘测、设计、施工队伍踏着刘邓大军的足迹，投入大别山的怀抱，当年年底火车开进大别山腹地枢纽站——湖北麻城站。如今，大别山地区高铁纵横，闭塞的大山连通着世界。

也有一群大别山人，怀揣梦想，走出大山。

20世纪80年代初，一位名叫江师大的大别山农民率先到武汉打工。不到十年，以他为首的大别山建筑队在武汉、深圳等地打出了名气。他们从家乡红安县詹店镇带走6000多名农民，每年邮回现金近1000万元。

据统计，截至2018年底，湖北黄冈脱贫人口超过88万人，安徽六安脱贫人口48万，河南信阳脱贫人口75万。红安、新县两个"将军县"都已脱贫摘帽退出贫困县。

圆梦的山：红与绿的交响曲

蜿蜒于江淮之间，襟带豫鄂皖三省的大别山，群山叠翠、千里松涛。这里是华北平原向南延伸的休止符，也是美丽中国腹地深处的绿色屏障。

70年前，大别山曾用她的千里苍翠守护了红色火种；如今，她则用"绿水青山"慷慨馈赠这里的人民以富足。尤其是党的十八大以来，作为红色革命老区和绿色生态功能区，大别山地区利用"红""绿"资源，走出一条"红绿经济"之路。

安徽省金寨县花石乡千坪村的吴永田在自家田里放了好几个高音喇叭，循环播放人声、狗叫声、敲锣打鼓声。这些竖起的大喇叭是老吴在向破坏田地的野猪"宣战"。

花石乡是个集库区、老区、高寒山区为一体的贫困乡，地处大别山革命老区的高寒地区。多年前，在这里，野猪还是个稀罕物。吴永田说，"那时候靠山吃山，乱砍滥伐，一年也见不着一次野猪"。

如今，随着生态环境的好转，野猪逐渐增多，让老吴增添了"新的烦恼"。

距离花石乡 60 公里的河南省商城县黄柏山林场，同样见证大别山日益恢复的生机。90 年前，发生在这里的商城起义，掀起了鄂豫皖边区武装斗争、土地革命的高潮。

这片大别山深处的国有林场 20 世纪 90 年代末有过一段"苦日子"。林场职工工资"时有时无"，有人戏谑他们"远看像要饭的，近看像烧炭的"。但再困难，黄柏山林场坚持不搞竭泽而渔式的采伐，反而租赁山场来栽树。如今的黄柏山林场已成为河南省森林覆盖率最高、集中连片人工林面积最大、活立木蓄积量最多的国有林场。

九月，沿着省道、县道，穿梭在黄柏山林海，路两侧的农家乐一家挨着一家。这里山是绿的，水是清的，空气是甜的。

翻开大别山全域旅游地图，探险漂流、观鸟摄影、茶园体验……一村一品的旅游特色，每年吸引游客纷至沓来。

这一切得益于大别山地区深入贯彻落实绿色发展理念。"视山如父、视水如母、视林如子"，让青山不老、绿水长流。

恢复绿、守护绿只是第一步，从"生态佳"到"生态+"，大别山还催生了丰富多彩的富民产业。

在"将军县"湖北红安，红薯被称为"苕"。革命年代，红安苕和井冈山的红米饭、南瓜汤齐名，是红军战士的"主粮"，滋养了鄂豫皖革命根据地的红军主力。

近些年，红安通过"公司+合作社+基地"模式，种植红薯近 5 万亩。如今，红安苕已变成村民脱贫致富的"金疙瘩"。湖北根聚地农业发展有限公司董事长周德顺信心满满地说："未来几年，公司将对红薯进行深加工，开发高附加值产品，把红安苕做成大产业。"

和红薯一样，曾经养在深闺的大别山农副产品都成了"宝"。茶叶、板栗、茯苓、天麻、菊花等"大别山特产"争艳市场。根聚地、华英农业等一批农业产业品牌如雨后春笋般涌现。

"长期以来，大别山地区为了维护在全国生态系统中的功能，牺牲了一些发展机会。"党史研究专家、大别山干部学院教授蒋仁勇说，但坚持"红"与"绿"的底色，大别山的发展之路也会越走越宽阔，这也正是大别山精神在新时代的生动体现。

选自"新华网"2019年9月17日

为什么咸阳的"美丽乡村"这么多

万晓林　邓晓青　陈　飞　梁高强

2019年12月12日,从2300公里外的博鳌传来了好消息——在2018美丽乡村博鳌国际峰会中国农业品牌盛典暨2018中国美丽乡村推介会上,彬州市拜家河村(豳州驿)荣获"中国十大美丽乡村"称号,这是陕西省唯一获此殊荣的乡村,也是咸阳市继礼泉县袁家村、兴平市李家坡村(马嵬驿)、泾阳县龙源村(龙泉公社)第4个摘得这一桂冠的乡村。

在这份包括"江苏省仙姑村""重庆市金龙村""安徽省彭铺村"在内的中国美丽乡村排行榜上,咸阳市是10家上榜美丽乡村中名副其实的"实力派"。在这份全国评选了六届的排行榜上,咸阳已经连续四届问鼎榜单。这是咸阳在全国美丽乡村概念中第四次"华丽绽放",也是咸阳美丽乡村品牌实现的跨越式突破。

乍一看,咸阳美丽乡村是闯进中国美丽乡村品牌的一匹"黑马";细琢磨,这恰是咸阳扎实贯彻党的十九大精神、实施乡村振兴战略的生动实践。咸阳美丽乡村承载着全市农民脱贫致富奔小康的美好梦想。这是对咸阳美丽乡村发展的认可,更是对咸阳建设新时代美丽乡村的激励和鞭策。

从实施乡村振兴战略开局之年,到顺利进入关键时期之际,咸阳始终保持善谋事、干成事的韧劲和拼劲,结合独具咸阳魅力的地域特色,促进乡村振兴战略扎根落地、开花结果,不断迈出咸阳农业强、农村美、农民富的铿锵步伐。

生产美产业强

如果拉上"中国十大美丽乡村"组成"朋友圈",那么咸阳的"中国十大美丽乡村"肯定会被"点赞"刷屏。不仅仅是因为咸阳在美丽乡村建设中,从"一枝独秀"蜕变成"满园春色",更是因为咸阳统筹山水林田湖草系统治理,宜山则山、宜水则水、宜田则田,激活每一个乡村的"基因",不断丰富充实乡村之美。

隆冬时节,设施大棚里的草莓红如玛瑙,吸引着游客。每逢周末假期,来自西安、铜川和宝鸡等周边地区的市民,驾车来咸阳体验生态农业采摘的乐趣,领略舌尖上的美味。在彬州市拜家河村,农民纷纷变身成为"导游",熟练地引导游客进园采摘草莓,这已然成为他们冬季的新职业。

拜家河村位于太峪河川道,作为古丝绸之路上的重镇,在"一带一路"建设中迸发出前所未有的独特魅力,吸引陕西海升集团投资1.8亿元,建成无土草莓基地,走出了一条现代农业、生态旅游、富民强村相得益彰的创新之路。

春赏梨花满园、夏观蝶恋花舞、秋摘累累硕果、冬尝草莓香甜。一年四季,富有咸阳美丽乡村烙印的特色休闲游,让普通农民从生产者升级为生产服务者。结合村里的百草园药材种植基地和豳州驿景区,与草莓园交相辉映,路、桥、水环绕,花、草、木紧抱。这个只有365户人家的乡村年均接待游客20万人次,年产值2000万元,乡村变成风景区,延长产业链、提升价值链、完善利益链,也让"咸阳美丽乡村"一二三产深度融合发展的脉络清晰可见。

如今,拜家河村处处散发着浓郁的人文气息。先后投资1200万元,保护乡村原有建筑风貌和村落格局,挖掘并传承古镇农耕、陶艺和驿站文化，深挖历史古韵，弘扬人文之美，重塑诗意闲适的人文环境和田绿草青的居住环境，建设设施完备、功能多样的休闲观光园区、特色小镇，创意农业、特色文化产业正在美丽乡村的大道上阔步前行。

生活美农民富

和国内其他美丽乡村相比，咸阳最引以为傲的就是拥有众多"行业标杆"。而对于咸阳而言，"行业标杆"不仅是咸阳美丽乡村发展的底色，更是实施乡村振兴战略的基本遵循。

礼泉县袁家村，一个偏僻的小山村，没有名胜古迹和独特旅游资源，全村人口62户286人。20世纪70年代以前，群众的温饱问题都没有得到解决。如今，却成为中国乡村旅游发展的先行者和行业标杆——袁家村2017年接待游客超过550万人次，旅游收入超过3.8亿元，村民人均纯收入超过10万元，集体经济资产超过20亿元。

2009年，袁家村"饮食一条街"建成。斑驳的老城墙，幽深的老街巷，残损的青石板，质朴的木门窗……一切风光，重启"他大舅他二舅都是他舅"的关中乡村生活，让乡愁看得见、摸得着、听得到。

2012年，袁家村开启合作社模式，通过合作社+全村众筹+分红的模式，实现全村参与，带领大家共同致富。形成豆腐、酸奶、辣子、醋、粉条、菜籽油等作坊和小吃街的股份合作社。仅一碗粉汤羊血，年净收入600多万元，纯利润200多万元，村民入股1万元，一年就可分红9000多元。

从20世纪70年代的籍籍无名，到如今火遍全国的"关中民俗第一村"，通过产业共融，产权共有，村民共治，发展共享壮大集体经济，实现村集体与农户个体利益比翼齐飞，成为咸阳美丽乡村蝶变的真实写照。

生态美环境优

马嵬驿因杨玉环在此香消玉殒闻名天下，也因此令人神往。但直到2012年，马嵬驿还是关中平原上典型的贫瘠旱地，村民常叹息生在这"姥姥不疼，舅舅不爱"的地方，直到马嵬驿所隐藏的潜能被激发——平日客流达到万人，节假日达到数万人，国庆、春节等重大节假日，单日客流量超20万人次。

依托当地自然的台塬地势、沟壑地形、村民废弃的窑洞院落，恢复16口老窑洞遗址，收藏2000余件老农具及生活用品，添置山水瀑布、雕塑小品等文化元素，修建民俗作坊、民俗小吃、民俗文化展示、大唐文化4条居民古街，马嵬驿顿时变身为一个集文化展示、文化交流、原生态餐饮、民俗文化体验、生态观光于一体的新概念生态园。

100多家独具咸阳风味的小吃店错落有致地排布在山梁沟峁间，穿行其间，品味不重样儿的美食，丰富了多姿多彩的味蕾世界。这些美食店都是开放式厨房，融合现代工艺和传统技艺，每一样小吃的历史故事、制作流程等都一一展示出来。马嵬驿的粉汤羊血店年利润超过300万元，酸奶铺单日营业额高达29万元……

不仅如此，马嵬驿还成为全国多地美丽乡村发展的咸阳样板。

2015年3月，马嵬驿·重泉古城一期项目动工；

2016年5月23日，马嵬驿·陕州地坑院开业；

2017年元旦，马嵬驿·庆州古城一期建成开业。

今天，咸阳美丽乡村建设的开放视野已经不满足于当地，更沿着陕西、河南、甘肃三省，连起一道长达千余里的跨省美丽乡村游，成为咸阳美丽乡村建设向全国播撒的种子。

美丽乡村发展成果惠及全体农民,是咸阳建设美丽乡村的出发点和落脚点,更是咸阳谱写新时代乡村振兴新篇章的坚定决心。

在短短几年里,泾阳县龙源村人工栽植生态林8000余亩160多万株,建成无公害酿酒葡萄、鲜食葡萄及杂果树7000亩。村经济合作社针对缺技术、缺劳力、缺文化的贫困群众开展培训,协调工作,实现了全民参与的喜人局面。同时,周边村庄的餐饮、运输、农副产品加工销售也日渐兴起,直接受益近万人。

昔日荒山如今变成金山银山。群众通过转型成为家里的"顶梁柱",在实现自身价值的同时取得丰厚收入,咸阳美丽乡村建设为群众带来实实在在的"获得感"。而通过美丽乡村建设,缩小收入差距、提供公平服务,彰显"咸阳美丽乡村"发展为人民、发展依靠人民、发展成果由人民共享的初衷。

咸阳把美丽乡村当作景点来打造,建设一批以产业发展为基础,集生产、生活、生态兼容并蓄,社会、文化、心灵共同成长,历史、现实、理想相互融合的多功能特色美丽乡村示范基地,让游客真正能识乡记、乐乡趣、醉乡居、享乡闲、品乡情。

这只是咸阳美丽乡村的一个缩影。"乡村旅游看咸阳"的品牌效应正在逐步凸显。到2018年底,咸阳乡村旅游接待游客2750万人次,农民直接收入27.5亿元。

在新时代,乡村成为大有作为的广阔天地,也迎来了难得的发展机遇。咸阳市委、市政府顺势而为、科学谋划100个乡村振兴示范乡村,奋力推动农业全面升级、农村全面进步、农民全面发展,努力筑梦新时代乡村全面振兴的咸阳样板。

选自《咸阳日报》2018年12月29日

重塑记忆老家　乡村营造感想

马丽莎

记忆里的老家是一个沿着公路盘踞的小村庄，村里依地势分布着一排排小平房和窑洞，隔着马路有一条清澈的小河，河的四周分布着不规则的小片水浇地。和大多数村庄一样，它主要承载着居住和农耕的功能。每个人关于老家的记忆都是那么朴素又简单，可它却是无数人心中魂牵梦绕的地方。

乡村营造，作为开启新生活的钥匙，首先需要做到的就是和千千万万个村庄一样，努力成为"产业兴旺、生态宜居、乡风文明、治理有效、生活富裕"的幸福美丽乡村，这样的标准是客观的、可评判的，甚至是可以借助外力和金钱实现的。因此，这样的乡村营造模式可以有很多种，但从乡村生活的主角——广大群众的需要层面来看，乡村营造则是重塑老家，而不是简单的重拾和新建，这里的美丽乡村既能满足现代生活的快节奏功能，又能随时找寻每一个人的乡愁，是能满足每一个群体需要并被群体自身需要的"快乐老家"。

重塑记忆老家　让童年乐土笑声可寻

不知从何时起，农村的小孩也渐渐有些不接地气，他们周一到周五在学校上课，周六周日在补习班上课，生活少了些童年该有的"捕鱼捉虾"的乐趣。乡村营造从满足不同群体需要出发，不妨多一些人性化设置。例如，村里修建文化娱乐设施，可以搜集不同年代的儿时游戏，利用乡土素材打造农村儿童独有的乐园，给孩子一个不一样的童年。另外，随着每个家庭孩子数量的减少，农村儿童放学后的娱乐活动变成了宅家。因此，充分发挥党支部的引领作用，尽可能地组织一些学生群体参与义务劳动、村级文娱活动等，既丰富学生的社会实践活动，又增添他们的集体感、荣誉感。

重塑记忆老家　让闲暇时光有处安放

随着城市化和农业现代化的不断发展，机械化解放了不少农村劳动力，他们的生活不再是繁重的田间耕作，而是游走于城镇和乡村之间。在乡村营造过程中，要善于把握群众的心理诉求——"如果你来访我不在，请和我花园里的花坐一会儿，它们很温暖"。一个关于花园的小故事、一句触动心弦的心灵鸡汤，都可能点燃每个人想建造一个花园的希望，由点及面，这样，打造门前微景观便不再是党支部的单向号召和引领，而是内化成每一个村民和党员的价值追求和自发行为，这样的营造结果一定不是千篇一律的作品。乡村营造离不开人才支撑，当每一个村民能从内心将村庄视作自己的小家时，他们便会自发地利用闲暇时间去参与到村庄建设、出点子中，为村庄发展贡献力量。一个村庄的乡风文明就这样在潜移默化中不断进步，村内小商店的门口不再是堆满了闲来无事打牌的村民，越来越多的村民自发地加入为集体做事的队伍中，每一个参与人也能在这样的行为中重拾自己的个人价值和社会价值。

重塑记忆老家　让晚年生活发光发热

阳光甚好的午后，村庄的街头坐着几名发呆的老人，这样的场景相信很多人都很熟悉。不知从何时起，偌大的村庄和满堂的儿女都不能给一位老人提供一席安度晚年的空间，养老院渐渐成为他们的新归宿。老有所养是乡村营造的过程中不可避免的一个话题，如何在结合国家居家养老政策形势下，探索打造乡村养老模式？这需要多一些创新，白天可以让老人在老年活动中心上老年课堂、兴趣培养班等，晚上则由子女接回家中居住，这种双向配合的形式让老年生活变得丰富多彩。与此同时，乡村营造中充分发挥"倚老卖老"效应，村级事务治理中，积极邀请一些德高望重的老人出谋划策，这样的管理模式不仅能在全村营造敬老孝老的文明新风，同时能让老年群体在力所能及范围内为村庄建设发挥余热。

乡村营造的过程就是重塑每一个乡村人记忆老家的经历，她有"枯藤、老树、昏鸦"的淡淡乡愁，还有农村美、农业强、农民富的繁荣盛景，更有人人需要被满足，人人被需要的参与感和归属感。

选自《河南日报》（农村版）2020 年 7 月 14 日

编后记

"美丽中国"是中国共产党第十八次全国代表大会提出的概念，强调把生态文明建设放在突出地位，融入经济建设、政治建设、文化建设、社会建设各方面和全过程。2012年11月8日，十八大报告中首次作为执政理念出现。2015年10月召开的十八届五中全会，"美丽中国"被纳入"十三五"规划，首次被纳入五年计划。2017年10月18日，习近平同志在十九大报告中指出，加快生态文明体制改革，建设美丽中国。2019年，习近平新时代中国特色社会主义思想对建设"美丽中国"做了重要论述。

建设美丽中国，作为全新的理念，展示了一幅山青水秀人美的如诗画卷，标志着我们党执政理念的重大提升，承载着一代又一代中国共产党人对未来发展的美好愿景,预示着生态文明的中国觉醒已经到来,奏响了新的时代乐章。

"美丽中国"丛书(6册)为甘肃科学技术出版社策划的主题出版物,是一套为广大读者诠释和宣传"美丽中国"理念的通俗读物。丛书以读者品牌为依托,围绕生态文明建设、绿水青山、扶贫攻坚、乡村振兴、匠人匠心等主题从《读者》及系列子刊等刊物、网站、图书、微信公众号发表的文章中,精选近300篇文章,汇编成册,整体反映"美丽中国"建设成就和风貌。丛书在策划、编辑出版过程中,得到了读者出版集团、读者出版传媒期刊出版中心等单位的指导和帮助,在此深表谢意!同时也得到了绝大多数作者的理解和支持,没有他们的授权和认可,就没有本丛书的出版面世,也就少了一个宣传和践行生态文明理念的平台,所以更应向他们致以最真诚的感谢!我们在编选过程中做了大量细致的工作,但即便如此,仍有部分作者未能联系到,对此深表歉意,敬请这些作者见到图书后尽快与我们联系。联系方式为:甘肃科学技术出版社(甘肃省兰州市城关区曹家巷1号甘肃新闻出版大厦,730030,联系人:马婧怡,0931—8152382)。

"美丽中国"的实质,就是引导人们在保护自然中发展经济,在经济发展中保护自然,真正实现经济社会发展与生态环境保护相统一、相协调。"美丽中国"丛书反映的就是山美、水美、人美,环境美、生活美、一切美。通过这些优秀文章和故事,凸显"美丽中国"的内在意义和精神主旨,整体展现"美丽中国"的全部内涵和丰富外延。习近平总书记说,人与自然是生命共同体,人类必须尊重自然、顺应自然、保护自然。还自然以宁静、和谐、美丽。这也是本丛书的策划初衷和最终的目标,也是出版人"不忘初心,牢记使命"的职责所在。

丛书从策划、编选至出版发行，历时两年，在 2021 年这个春光明媚的三月，终于如雨后春笋，瞬间碧绿修长升，为读者撑起一方心灵绿荫，这是春天带给我们最好的礼物。

编　者

2021 年 3 月